神界直屬第十九號部門

作者 水泉
插畫 竹官

目錄

序章

我的名字是天奉瑛昭，隸屬於天奉宮，現在是神界直屬第十九號部門的部長。上任才兩個月，我們部門就面臨了廢部危機，而一切都是因為我父親心血來潮下凡關心我的工作狀況，看著看著，就開始說要考核，評判部門還有沒有繼續經營的必要……

在我看來，這只是父親大人要求被拒，一時不高興所以想刁難我們而已，問題是……父親大人的個性難以捉摸，要是不配合他玩，真惹得他不高興，部門被強制解散也是很有可能的事，我自然不能隨便看待考核，必須認真以對，好好處理。

值得慶幸的是，在部門最強執行員季先生的努力下，這次的廢部危機總算是度過了——

應該吧？

考核任務結束後，父親大人表示忽然想到有事要做，也沒公布考核結果，就這麼走了。而且他一走就是好幾天，直到現在都還沒露面。

如果不合格，他應該當場就會說了吧？

以父親大人那種性格，如果離開之後想來想去依舊覺得不合格，那他鐵定會特地回來說一聲，或者發訊息告知我的。都這麼多天過去了，除非他忘記，否則就是代表考核通過，我這樣想應該沒有問題吧？

雖然我認為自己的推論很合理，但只要父親大人沒有親口確認，我的心就懸著，不上不下的，睡覺都睡不好。

就連季先生也認為考核尚未有結論，所以不肯兌現承諾，告訴我他的過去。這種懸在那裡的感覺很不好受，然而，即便我能用神力與父親聯繫，我也不敢特意打擾他，就只為了問考核結果。

萬一他那邊正在忙什麼要緊的事，或者他事情辦得不順利，心情不好，就遷怒到我們部門身上，直接讓考核不通過怎麼辦？身為第十九號部門的部長，這是我必須考慮的情況，我父親就是這樣一個危險又任性的神，跟他打交道務必小心謹慎，以免翻船……

相較於我的焦慮，季先生倒是氣定神閒，完全不受影響，這幾天，他照樣做自己該做的事，態度跟平時沒兩樣。我十分佩服他的淡定，難道他一點也不怕考核失敗，部門被廢止？

又或者是……他對自己的考核過程十分有信心？畢竟，對於父親大人的喜好，季先生可能比我還清楚，他是不是覺得自己做的一切已經足夠讓父親大人滿意，才一點也不擔心？

我試圖在吃飯時間詢問季先生對父親大人離開這麼多天有什麼看法，他則嗤笑一聲，似乎看穿了我的焦慮，並覺得很可笑。

『他那個人就是善變，隨時想到什麼就會去做，說不定他那天離開後，處理事情時又臨時想到其他要做的事，就這麼一連串忙下去，根本沒空回來理我們了呢？難道他消失一年，你就要煩躁一年？你要是真的想早點得到考核結果，何不主動聯繫他？』

『可是，主動聯繫他的話，就好像是在催促他給答案，我怕他被打擾會心情不好，原本考核有過可能就變成不通過……』

我訴說了自己的考量與擔憂，季先生則面露嘲諷，涼涼地附和。

『是啊，你憂慮的事情很可能會發生，但他心情好的機率也是存在的，你可以賭看看，部門的未來就押在你一個人身上了。』

他都說成這樣了，我怎麼敢賭？拿部門的未來開玩笑，是部長絕對不能做的事，所以我只好乖乖等待，並做些其他事情來轉移注意力。

例如擼貓。龍貓的手感真的太好了，大衛王這陣子一天大概會被我擼三次以上，除了找大衛王玩，我還會在網路上找各種龍貓的照片與影片來看，也因此看到了很多不同的花色。

居然還有長毛的！長毛龍貓就像一顆球似的，蹦跳起來的樣子也太可愛了吧？要是我有錢的話一定要養一隻……我到底什麼時候才會有錢呢？

由於深恐父親大人回來後，會提出更多要求，例如進行第二次考核之類的，這陣子我便請季先生都進行異世界任務，一方面可以增加異世界任務的經驗，一方面也能提高公司收入。

即便是異世界，也會有很簡單的普通任務，又多少可以學到一些東西，我覺得多接一點還是挺不錯的。季先生擁有的技能越多，越能面對父親大人的刁難，至於其他執行員……我有請洛陵通知他們開放異世界任務的訊息，他們要不要挑戰，我就不干涉了。

不知不覺間，時間就這麼過去了半個月。就在我已經開始認為父親大人沒有三五個月不會回來時，早上一踏入辦公室，便看到父親大人悠哉地坐在裡面。

幸好我有維持住表面上的鎮靜，沒有失態。

『**父親大人，您回來啦？事情忙完了嗎？**』

我擠出笑容，關心了一下父親大人，父親大人則笑笑地看過來，看似心情不錯。這是個好消息。只要父親大人心情好，一切就有商量的餘地，即便考核不通過，也有機會起死回生。

『**忙完了，處理得挺順利的。唉，我也是在為了你的部門盡心盡力幫忙啊，像我這麼有心的父親，為什麼得不到兒子真心的喜愛與尊敬呢？居然拿假笑來敷衍我。**』

父親大人的話讓我臉上一僵，尷尬之餘也不知道該說什麼才好。

『**不過，假笑總比不笑好。阿初，你那死人臉真是不管看幾次都讓人覺得很有意思，就這麼不歡迎我嗎？**』

此時，父親大人將矛頭指向我身後的季先生。我一面希望他沒有要找季先生麻煩，一面幫著說了幾句話。

『**季先生本來就是這樣，他看見誰都不會笑的，您跟他相處過那麼多年，難道還不知道嗎？**』

我的話讓父親大人又是一陣長吁短嘆。

『辛苦養大的兒子，不只不站在我這邊，還幫外人說話，我這兒子到底是怎麼養的呢？我忽然覺得自己真失敗。』

他這番話讓我一時詞窮，季先生則毫不客氣地回了他一句。

『您就是沒養啊。』

呃……話不是這麼說的……

『阿初，你的用詞有點問題。我是沒教，可不是沒養，不然他怎麼長大的？』

『神不是吸收天地靈氣也能長大嗎？雖然瑛昭大人很愛吃，但他其實不需要吃東西吧。』

等一下，「雖然」後面的話是多餘的！沒有必要補充這種不真實的資訊！

『阿初，那叫做放養，野生的神才會只吸收天地靈氣，而且就算是吸收天地靈氣，在什麼地點，有沒有輔助陣法，也有很大的差別。否則瑛昭的神力怎麼會比你之前的上司高那麼多？這其中當然有我的功勞。』

我已經不知道他們聊天的主旨是什麼了。是否偏離主題太多？剛剛是在聊這個嗎？又或者說，你們現在聊的東西很重要嗎？

父親大人您的用詞怎麼聽都怪怪的吧，一下子野生一下子放養，到底是在說兒子還是說寵物？您能不能稍微尊重一下我呀？

『喔。』

季先生的回應相當冷淡，就好像他對父親大人付出過什麼努力一點也不感興趣。

『你可以多發表一點感想嗎？不要給我一種我是在唱獨角戲的感覺。』

『喔。您真棒。』

這毫無感情的語氣，我聽了都覺得尷尬。

『阿初，你這副死樣子，我看了真的很不順眼。到底要做什麼才能找回你對生命與工作的熱情呢？』

『我本來就是鬼魂，何來生命？工作也做那麼多年了，有熱情才奇怪吧。』

旁聽一陣子後，我開始擔心父親大人繼續跟季先生交談下去，原本的好心情會越來越差，於是我硬著頭皮打斷了他們的對話。

『父親大人，既然您回來了，是否要宣布考核結果了呢？您說您離開處理的事情跟部門有關，不知道是什麼事？』

父親大人說他盡心盡力地幫忙部門，也就是說他跑去處理的事情是對部門有益的事，對吧？假如要廢除部門，他完全沒必要多此一舉，我應該可以樂觀地判斷考核結果？

『噢，我離開這幾天，是去幫你們找執行員。由於來回需要時間，他習慣這裡的生活環境也需要時間，所以才拖了半個月。還好經過短暫的訓練，他大概能自己過來上班了，待會他就會出現——不過距離約好的時間已經過去十分鐘，第一天上班就遲到，看來是得扣點薪水。』

聽完父親大人的話，我愣了愣，內心又驚又喜，同時也冒出不少疑問。

有新的執行員要來上班了！這絕對是個好消息啊！我們招來招去都招不到人，沒想到父親大人一出馬就招到了一個！雖然只有一個，但對我們部門來說也很珍貴，不曉得會是什麼樣的人？我也有機會藉由參與新人培訓來了解新的執行員該怎麼適應部門工作了嗎？

不過，父親大人特地跑去幫我們招攬執行員，這件事情本身就很奇怪。招新人這種事，需要出動他這尊大神嗎？是否太大材小用了？而且，他真的會這麼好心，親自出馬幫我們招人？該不會是把什麼燙手山芋丟到我們這裡來，準備看熱鬧吧？

『父親大人是怎麼招到人的？他來了以後我們是不是還要評估他適不適任？』

『不用評估，他很強，學習能力也很好，我已經審核過了，絕對適合第十九號部門。人來了教他怎麼開啟任務，就能直接上工，從工作中學習是最快的。』

不用評估，直接上工？這麼厲害？新人真的知道自己的工作內容是什麼？他會不會是被父親大人騙來的啊？

儘管我心中的疑慮越來越多，但我還是打算先看看是什麼樣的人再說。

還有，父親大人到現在依然沒告訴我考核結果耶。

就在我清了清喉嚨，打算再次詢問考核有沒有通過時，敲門聲響起，夕生向我報告，有名自稱新執行員的訪客來了，我當即請他直接帶人來我的辦公室。

由遠而近的腳步聲停在門口，辦公室的門被打開後，出現在門外的人讓我愣了愣。季先生的反應跟我差不多，他多半跟我一樣，完全沒想到會在這裡看見這張稱不上陌生的臉。

那雙一紅一綠的異色瞳，是他身上最好認的特徵。青年漂亮的金髮上帶著不知從何而來的血漬，整個人看起來有幾分狼狽，不過他還是在逐一看過室內有什麼人後，露出了帶有幾分真心實意的笑容。

『編號 4001496 墨輕染報到。初次見面，各位大人，請多指教。』

第一章

今天是個很特別的日子，因為第十九號部門來了一個新的執行員。上一次來報到的新人是王寶華，那已經不知道是多久以前的事了。

墨輕染是瑛昭上任後招到的第一個新人，雖然嚴格來說不是他招的，但他並不在乎這種小細節。半個月前在任務影像中看到的人，如今活生生出現在自己面前，還成了自己的下屬，瑛昭自然非常吃驚，同時，他也很好奇季望初現在有什麼感想。

好奇這種事，直接讀心就是了。於是瑛昭施展了讀心的能力，悄悄向季望初探過去。

『該死，璉夢這傢伙又看上新玩具了？墨輕玄死了以後，墨輕染果然做了無可挽回的事吧？璉夢一定也是想到這一點，才會在任務結束後匆匆離開，就是急著想去找人！他到底是怎麼說服墨輕染的？墨輕染應該不會被轉世的機會打動啊，內幕是不是又跟墨輕玄有關？』

季望初能一瞬間想到這麼多事情，是瑛昭沒料到的。見到墨輕染後，瑛昭顧著驚訝，都還來不及思考其中的各種因果。

啊……這麼說來，確實如此，墨輕染必須是不能轉世的靈魂，才能被父親大人找到，並且帶來當執行員吧？畢竟，那個異世界裡發生的事情應該是很久以前的事，即便是正常死亡，他也已經過世了，如果有轉世資格早該去轉世，況且父親大人也不同意有轉世資格的靈魂成為執行員，畢竟第十九號部門的存在意義是讓不具轉世資格的靈魂歷練……

那他是做了什麼呢？帶著墨輕玄逃亡期間殺的人，還不至於到失去轉世資格的地步吧？

此外，他居然連執行員編號都有了，還真的是直接錄取，無須審核呢。幸好他的確是個能力不錯的人，無論父親大人招他來的動機是什麼，至少對我們部門來說，結果是好的。

「墨輕染，第一天上班就遲到，扣你一個月薪水，沒意見吧？」

璉夢似乎很在乎遲到這件事，在他提出來後，墨輕染毫不猶豫地點了頭，就好像他一點都不在乎錢。

「沒有問題，我會為遲到負責。」

雖然一般來說，沒有人是為了錢來當執行員的，但墨輕染的爽快還是讓瑛昭用擔憂的眼神看向了他。

遲到一天就扣一個月的薪水？這麼過分的懲罰，你也接受？這樣一來，你第一個月等於是做白工耶，而且你剛來這個世界，不正是需要錢的時候？沒有錢要怎麼活啊？

「墨輕染，歡迎你加入第十九號部門，我是部長瑛昭，旁邊這位是資深執行員季望初，有什麼不懂的事情可以請教他……季先生，可以嗎？」

瑛昭做了簡單的自我介紹，並介紹了一旁的季望初。話說出口後，他才想到季望初沒什麼指導新人的熱忱，因而詢問了一句。

「不可以。」

季望初黑著臉，拒絕得相當果斷，這讓墨輕染原本帶著期盼的眼神黯淡了下來，瑛昭也有點下不了台。

季先生都拒絕了，我當然無法勉強他，可是……在新來的執行員面前，我這樣是不是很沒有部長的威嚴？身為部長，居然沒辦法讓執行員聽自己的話，不知道墨輕染看了會怎麼想？

「阿初，你也拒絕得太不留情面了吧？難得有個新人，部長讓你指導一下，有這麼不情願？」

父親大人，求求您別說了吧，您這樣說之後，季先生要是再次拒絕，我不是更沒面子？

「指導新人這種事，可以交給其他人去做。我沒有耐心也沒有熱情，讓您失望真是不好意思。」

果不其然，季望初依舊沒有妥協。他冷冰冰的語氣讓墨輕染目中多出幾分憂愁，似乎情緒越來越低落。

「唉，阿染，我努力過了。看來我們阿初不怎麼喜歡你，雖然很遺憾，但也沒辦法。」

在璉夢這麼說之後，墨輕染還沒回話，季望初就先開了口。

「這跟喜不喜歡沒有關係，麻煩上神不要隨便給我扣帽子。」

「是嗎？喜歡的話不是應該很樂於指導才對？」

「都一樣。我只是不喜歡麻煩。」

聽到這裡，墨輕染插嘴說了一句。

「哥，我不麻煩的。」

此話一出，季望初臉色劇變，立即反彈。

「我不是你哥！」

「那你可以當我哥嗎？」

「不可以！」

聞言，墨輕染微微低頭，做出一副可憐又委屈的神態。

「好吧，那我能不能喊你哥？」

幾句簡短對話後，季望初臉上抽搐，瞪向一旁看戲的璉夢。

「他是怎麼回事？幻境裡發生的事應該不會聯繫到本體吧？為什麼他會是這種態度？」

一臉茫然的瑛昭，聽季望初這麼問之後，也回過神來。

對啊，幻境裡的墨輕染只是個神力模擬出來的幻象，又不是真正的墨輕染，那怎麼真正的墨輕染會想這樣喊季先生？父親大人動了什麼手腳嗎？

「你的任務過程很有趣，我就拿給他欣賞啦。讓當事者看看不一樣的人生軌跡，也是挺有趣的嘛。」

挺有趣的嗎？

瑛昭並不覺得有趣。

比起有趣……我覺得應該是挺殘忍的才對吧？看到了比較好的結果，但那個結果不屬於自己，而且自己的人生已成定局，什麼都無法改變……如果是我遇到，不知道會不會產生心魔，然後走火入魔……

「您的惡趣味還是一樣，一點都沒變。」

季望初不悅地這麼說。要不是忌憚璉夢的職權，他恐怕會說出更重的話。

基於好奇，瑛昭又讀了心。

『沒良心的混帳神，老是喜歡用別人的痛苦來滿足自己的好奇心，真是有夠討厭。人類的情緒跟傷痛向來都不是這傢伙會在乎的事情，他到底在乎什麼？這傢伙沒有心嗎？』

呃……季先生的心裡話，厭惡之情簡直要滿出來了，還真是很不客氣。幸好父親大人不會讀心，不然還得了？

「惡趣味？阿初，你的用詞讓我深感遺憾，我可沒有任何惡意啊，我所做的事情不也是為了幫助你們這些迷失的靈魂嗎？要不是阿染一開始不肯跟我走，我也不會給他看任務紀錄啊。」

璉夢的感嘆讓瑛昭又動搖了起來。

父親大人說的好像也有一點道理？沒有轉世資格的靈魂願意來歷練，以結果來說是好的，只是過程比較極端，讓人覺得一言難盡。不過，墨輕染為什麼看了任務過程就肯來上班了？他改變心意的原因是什麼？

「墨輕染，你該不會是為了跟墨輕玄見面才來的吧？你哥哥已經被送去轉世了，即使你來到這裡，也見不到他。」

瑛昭想先說明清楚狀況，而在他發話後，墨輕染微微一笑，顯得不怎麼在意。

「沒關係，那個無所謂，我不是為了他來的，請您放心。」

那不然你是為了什麼來的？難不成是為了季先生？你這是把季先生當成哥哥的替身了嗎？他只是扮演過你哥而已，這樣不好吧？

「總而言之，我沒有興趣指導新人。讓他直接去跑任務累積經驗——」

季望初不耐煩地說到這裡，忽然想到一件事，因而停下來，問了一個問題。

「你頭髮上的血漬是哪來的？」

聽他問起這個，墨輕染便笑笑地解釋了一下自己的狀況。

「我還在適應這個世界的各種規則，待在黑之海太久，回到人類社會後，就連走路也要重新學。以前在原本的世界，我習慣用能力覆蓋身體行走，在這裡不方便時常使用能力，單純用自己的腳走路比想像中還難一點，早上我在馬路中間摔跤，出了個小車禍，為了怕遲到太久，我沒好好整理外表就過來了，所以才會讓大家看見這麼狼狽的模樣，真是不好意思。」

這一大串的解釋，瑛昭聽得眼睛越睜越大，顯然是沒想過這位異世界最強者來到這裡會混得這麼慘。

連走路都成問題？聽起來很嚴重耶！在馬路上摔跤也太危險了，要不要等練好走路再來上班？

「你沒事吧？需不需要看醫生？身上是不是還有傷口？」

瑛昭擔心地詢問，墨輕染則搖了搖頭。

「謝謝您的關心，小傷而已，這點皮肉傷不用治療也會好。」

是這樣嗎？我沒有研究過執行員的身體組成，到底跟正常的人類一不一樣？執行員如果在現實世界死了，要怎麼處理？還能再申請新的身體嗎？看來我得花時間找父親大人了解一下相關規定……

「你身上有錢嗎？」

瑛昭想了想，決定先從墨輕染的食衣住行開始關心。想在這個世界生存，錢是不可或缺的，這是他來到這裡之後最深刻的體悟。

「沒有呢，但我不是因為沒錢才不就醫的。」

像是為了避免瑛昭誤會般，墨輕染回答問題後，又補了這麼一句。

「沒錢？那你這幾天是怎麼過的？」

「您指的是什麼呢？」

「就是吃跟住的問題啊！你是怎麼解決的？」

聞言，墨輕染微笑著交代了自己這幾天的生活模式。

「隨便找個乾淨的牆角，站著就能睡。為了不要太失禮，今天來報到之前，我設法潛入一間旅館，借用浴室整理了一下自己的儀容。至於吃的……我特地請教過璉夢大人，現在這具身體雖然會有飢餓感，但是不吃也不會餓死，也就是說，只要忍受住飢餓的感覺就沒問題了，挺方便的。」

儘管墨輕染說得雲淡風輕，聽完他的陳述後，瑛昭仍揉了揉太陽穴，感覺頭都痛了起來。

父親大人……您招人是這樣招的？這幾乎等於把人帶來之後原地放生，讓人家自生自滅啊！您自己住飯店，就不能另外開一間房給他住嗎？食物、住處都不提供，而且對方還是異世界的人，連走路都成問題耶！您的良心不會痛嗎？

「所以你來到這個世界後，都沒吃過東西？」

在瑛昭追問後，墨輕染搖了搖頭。

「倒也不是。我來到這個世界的第三天晚上，有個男人請我吃了消夜。」

他這句話讓瑛昭有點困惑。

「噢，你遇到了一個好心人？」

「不算是。大概是我走路的步伐很奇怪的關係，他以為我喝醉了，所以過來搭訕。我說我肚子餓，沒地方可去，他說可以請我喝一杯吃點東西，吃完就帶我去了旅館。」

聽他說到這裡，瑛昭還不太明白是什麼狀況，季望初的臉色則變得無比難看。

除了請吃飯，還提供住宿的地方？這人比父親大人好多了啊，人類還是比神善良的，也幸好他遇到了好人。

「然後呢？」

因為瑛昭恍神的時間長了點，季望初便自行開口追問。

「抵達旅館後，我打昏了他，睡了一晚就自己離開了。」

這個發展，讓瑛昭露出錯愕的表情。

「他請你吃飯又給你提供住處，為什麼要打昏他啊？」

這不是恩將仇報嗎？是我的邏輯有問題還是他的邏輯有問題？

此話一出，房間裡的另外三人都以異樣的眼光看向瑛昭。見他面上的疑惑真心實意，並不是裝出來的，璉夢頓時忍不住嘆氣，季望初的臉色變得更黑，墨輕染則微微一笑，又補上一句。

「是的，我很感激他，所以只是打昏他，沒做什麼額外的事情，也沒拿走他的錢。」

他的補充讓瑛昭持續一頭霧水。

原來你有想過做什麼額外的事，還有搶錢？這麼壞？還是……你們那個世界都這樣？

「看你這表情，是不是在想帶陌生人去旅館風險很高啊？」

璉夢以調侃的口吻開口，他的話也正巧說中了瑛昭的內心想法。

我是這樣想的沒錯，真的很危險啊。你永遠不知道這個跟你一起進房間的人在想什麼，毫無防備地和他一起進房，說不定就出不來了呢！

「瑛昭大人……您實在是單純過頭了，之後我再找些資料給您看，您再惡補一下相關常識吧。」

季望初充滿無奈地說了這麼一句，他的態度終於讓瑛昭意識到自己可能誤會了什麼，連忙讀心。

『什麼好人，分明是看上人家的姿色，趁人之危想把人帶去一夜情吧！真以為那個男人是沒有任何目的，單純好心請人吃飯住宿嗎？單純到這種地步，到底要怎麼教！』

季望初氣急敗壞的心聲傳來後，瑛昭感覺自己受到不小的衝擊。

什麼？跟我以為的狀況差那麼多？

「瑛昭啊，看來你真的很需要歷練。要不是有我跟阿初在，我們阿染就這樣被你當成壞人，無處申冤，又不知道該怎麼跟你解釋，多可憐啊。」

璉夢繼續說著風涼話，說得瑛昭都尷尬了起來。

「不好意思，輕染，是我見識太少，誤會你了。」

「沒關係，您不用放在心上。」

瑛昭不確定墨輕染是真不在意，還是假不在意，於是他也讀了墨輕染的想法。

『反正哥沒誤會我就行了，他還幫我講了話，真好。』

……？

我聽到了什麼……我該怎麼判讀這段心音？墨輕染這是徹底把季先生當成哥哥的替代品了吧？或者該說，他根本就是為了季先生來的？該告訴季先生這件事嗎？就算要說我也不知道怎麼說，又不能說我會讀心——

「好啦，瑛昭，你還有什麼想問的嗎？沒有的話就可以讓他開始工作了，先做做看再說。」

璉夢的聲音讓瑛昭回過了神，他看著自己父親，忍不住問了一個問題。

「父親大人，他才剛來，沒地方住又沒有錢，但您卻要先扣他第一個月的薪水？」

「對啊。你剛剛不是聽到了嗎？他沒有錢也可以在這個世界過活啊。」

璉夢一點收回成命的意思也沒有，見狀，瑛昭不禁又說了幾句。

「只是小小遲到而已，扣一個月的薪水也太多了吧？這樣等於他連續兩個月都沒有收入耶！人家才剛來，我們該做的不是先給一筆安置費用，甚至讓他預支薪水？」

「你的想法很好，但是你有錢嗎？」

「……」

瑛昭被璉夢一句話問住，一時之間不知道該如何回應。

啊，我發現公司有個大問題，我們根本沒有流動資金！每個月的錢拿來發薪水就沒了，根本存不到錢，臨時需要用錢的時候一點辦法也沒有，平時也很難在節假日辦活動……但、但是現在多了一個執行員，公司的整體收入又會提升了吧！只要他一個月能賺到超出薪水的錢就沒問題了！他能力那麼強，業務水準應該也不錯的！

「瑛昭啊，你就是太愛操心了，阿染如果想要錢，他有上百種方法能賺，我說的對不對？」

璉夢笑著問墨輕染，但這次墨輕染沒有認同他說的話。

「如果在原本的世界，我是有很多管道可以賺錢沒錯，在這裡的話我就沒把握了，感覺賺錢好像不是那麼容易的事……」

他眉頭深鎖，露出了煩惱的神情。

我擺過攤，賺錢的確不容易啊！父親大人您說得太輕鬆了，難道您要他去搶嗎？想要錢還是該用合法的方式賺取吧？

「哦？你覺得賺錢不容易？」

璉夢聞言不置可否，但從他的神態看來，他似乎很不以為然。

「輕染，公司現在……的確沒有錢。不過，我每天都可以提供你免費的飯糰或三明治，是神力做出來的，要多少有多少，如果你沒地方去也可以睡在公司，雖然這裡沒有浴室。」

公司沒錢這種事，說出來確實尷尬，所以瑛昭加上了自己能給的員工福利，強笑著將話說了出口。

「謝謝瑛昭大人，現在就能領了嗎？一份就夠了，吃點東西再開始工作，可能會比較專心。」

「馬上給你！」

於是，瑛昭當場用水晶球做了一顆飯糰跟一個三明治，季望初在一旁看著，幾次欲言又止，但最後還是什麼也沒說。

墨輕染拿到食物後道了謝，接著瑛昭喊來夕生，讓他帶人去熟悉工作流程。

他們走後，璉夢站起身，表示有其他事情要忙，就離開了瑛昭的辦公室。

「季先生……你要開始做任務了嗎？或者你想去看看墨輕染那邊順不順利？」

在他這麼問之後，季望初以焦躁不滿的口吻回了一句。

「你為什麼會覺得我想去看？」

「唔？我只是覺得，你好像有點在意他，這應該不是我的錯覺吧？」

「當然是你的錯覺。」

我不信！不用讀心我都知道你是在嘴硬！

瑛昭正這麼想，又猛然想起一件事。

「啊！父親大人又跑了，但我還是沒問出考核結果！」

其實，璉夢連執行員都幫忙招募了，考核是否通過，結果顯而易見，然而——

「既然璉夢上神還沒宣布，那就繼續等吧，反正我不急。我生前的故事也沒什麼好聽的。」

季望初的語氣帶著幾分愉悅，畢竟是瑛昭想聽，他可沒有很想講。

……父親大人的心情，到剛剛為止都還不錯吧？如果我現在聯繫他追問考核結果，不知道可不可行？

想歸想，他依舊沒有勇氣這麼做。

「那就開始今天的工作吧，墨輕染那邊，我會請夕生盯著，讓他好好指導的。」

聞言，季望初聳了聳肩，沒有發表意見。

今天他們選擇的依然是異世界任務。由於異世界有各種衝擊他們價值觀的事情，又有很多不同的環境因素，季望初的任務成功率沒有原世界任務那麼漂亮。對此，瑛昭告訴自己要用平常心面對，他也相信異世界任務做多了，成功率就能提升。

早上運氣不錯，接到的是非常簡單的異世界任務。那是個與這裡十分相似的異世界，委託人唯一的願望是再吃一次自己母親做的飯，這種任務自然交給委託人自己執行。他們輕輕鬆鬆就賺到一筆任務完成的收益，還可以快速開啟下一個任務，瑛昭很滿意。

一整天下來，季望初一共完成了四個任務，想著即將進帳的任務獎金，瑛昭就樂得笑容滿面。

而要下班的時候，他還是又問了一次先前的問題。

「季先生，下班前要不要過去看看輕染的狀況？」

季望初冷淡地瞥了他一眼。

「你好像很想去看的樣子，你可以自己去啊，我在這裡等你。」

「唔，去看看又花不了多少時間，打聲招呼，關心一下也好啊，對新來的同事有必要這麼冷淡嗎？」

「我對誰都這樣，不管他是不是新來的。」

季望初這個脾氣，瑛昭實在無可奈何。

我才剛讀過一次心，你明明在心裡想著「那傢伙到底行不行」，還分析了一下墨輕染的任務執行能力，覺得他跟人溝通可能會有問題，結果現在問你要不要去看看狀況，你又一副打死不去的態度？有這麼怕被人知道你在意他嗎？我真不明白。

「季先生，你是不是討厭他啊？」

「我不討厭他啊，一般來說我討厭的應該是你這種含著金湯匙出生的傢伙才對。」

本來想用激將法，沒想到變成自己中槍，瑛昭頓時慌了起來。

「含著金湯匙出生真的很討厭嗎？這也不是我能選的啊！」

「……我是說一般來說我討厭這種人，不是說討厭你。用不著這麼慌張。」

聽他這麼說，瑛昭這才鬆了一口氣。

「既然你沒興趣去看，那就算了，直接下班回家吧。反正有什麼問題，夕生應該會跟我報告。」

瑛昭很樂觀地認為沒消息就是好消息，不過他顯然樂觀得太早了。

才剛到家，他的手機就收到夕生發來的訊息，一字一句都充滿崩潰的情緒。

瑛昭看完夕生上百字的抱怨後總結出結論：新來的執行員缺乏一般常識，很難調教，請找別人來培訓他。

夕生大概就是這個意思。

「收到什麼奇怪的訊息嗎？詐騙簡訊？」

瑛昭皺眉的樣子，季望初全都看在眼裡，很自然地問了一句。

「是夕生傳來的訊息。詐騙簡訊是什麼？」

「是一種有機率從你這裡騙走錢的東西，內容五花八門，幾乎每天都有人被騙。」

「那要怎麼樣才能不被騙？我沒有錢他也能騙到錢嗎？」

一提到錢，瑛昭就緊張了起來。沒錢的狀況下如果又被騙錢，那就變成負債狀態了，聽起來非常不妙。

「沒有錢的話，就比較難被騙了，畢竟帳戶沒有餘額，他沒辦法讓你轉帳，可能就會放過你。但如果是別種騙局，還是有可能讓你去借貸，不想被騙的話，只要是陌生人都不要理會就好，反正在這裡正常來說不會有公司以外的人找你。」

季望初的說明讓瑛昭稍微鬆了口氣。

呼，沒錢就比較難被騙，真好。沒想到沒錢也有變成優點的一天，我的心情好複雜喔……

「……我又想到一件事，其實公司的人發來的訊息也未必可信，畢竟有盜帳號跟假冒身分的可能性存在。想穩妥一點的話，只要對方提到跟錢有關的事情都不要輕易相信，特別是借錢或轉帳，一定要當面確認，訊息跟電話都不可靠。也不要覺得事情不會發生在自己身上，現在詐騙猖獗，做這行的人太多了，沒收過詐騙訊息的反而是極少數。」

這、這麼可怕嗎？那麼多人做詐騙，難道是因為很賺錢？

就算很賺錢我也不會想經營這種副業的，不管是做人還是做神，都要有基本道德，至於要怎麼不被騙……

「知道了，以後收到你們的訊息我都會用神力檢測對方是否是本人，如果不是就無視，這樣就沒問題了吧？」

聽他這麼說，季望初嘴角微微抽搐，過了幾秒才點頭。

「你神力用不完的話，想這樣浪費也可以，確實是很有效的檢測方法。所以夕生傳訊息說了什麼？」

「噢，他傳訊息來說——」

瑛昭大概轉述了夕生訊息中表達的東西，接著便詢問了季望初的意見。

「季先生，看來輕染的工作體驗並不順利，夕生似乎應付不來。我請他明天當面跟我報告情況，你要不要一起了解一下？」

「哼，那隻狐狸不是應付不來，只是覺得狀況太麻煩就不想管吧。」

「你認為狀況沒有夕生說的那麼嚴重嗎？所以只要你出馬就能解決問題對不對？」

瑛昭那閃亮的眼神，讓季望初不由自主地退後一步。

「我可沒這麼說。具體是什麼狀況，現在又還不知道，明天看看才知道。」

聽他話裡的意思，似乎終於不排斥幫忙了，瑛昭甚感欣慰。

太好了，季先生終於沒再繼續口是心非，有季先生幫忙我就放心了，事情一定會很順利的！希望父親大人短期之內都不要出現，每次他在，都會刺激到季先生，那可不是我想看到的狀況。

如果讓季望初知道他此刻的想法，多半又會嘲諷他過於樂觀。

璉夢把人送過來，就是為了看好戲，怎麼可能把人丟下就不管？

無論他們怎麼想，第二天璉夢並沒有出現，瑛昭便帶著季望初和夕生一起開會，墨輕染則坐在一旁，靜靜地聽他們討論。

「夕生，你說他不具備一般人應該要有的常識，具體來說是什麼狀況讓你這樣判定呢？」

「有很多狀況都足以佐證這一點。」

夕生一臉疲憊，清了清喉嚨後，開始講述昨天的情況。

「昨天墨輕染接洽的都是本世界的靈魂，一共接洽了十八個，都沒能成功簽約。浪費了許多神力，十分對不起瑛昭大人。」

夕生一面說，一面露出慚愧的表情，彷彿想直接下跪請罪。

「起初我先教他如何召喚靈魂，如何擬訂契約，確定他了解這些制式流程該怎麼做之後，因為還有別的事情要忙，我就讓他一個人待在房間裡工作，到快下班的時候才回去了解他適應得如何。如果我早點回去關心，或者一開始就陪他跑流程看狀況，就不會讓他浪費這麼多神力才驚覺不對了……！瑛昭大人把人交給我，我卻沒有好好看顧，是我愧對了瑛昭大人的信任！」

他說到這裡，季望初涼涼地插了一句。

「既然你自覺犯錯，那你要自請扣薪水嗎？」

瑛昭因為這句話而看向季望初，內心有幾分驚訝。

季先生這是……幸災樂禍，或者想幫我省錢？為了讓公司變有錢，開源跟節流都要做，是這樣嗎？但這種犯錯就扣薪水的風氣如果延續下去，大家上班都會變得很不開心吧？也只有父親大人那樣不在乎人家死活的，才會因為一點小事就扣那麼多的薪水……

「扣薪水啊？這個……如果瑛昭大人認為必須懲罰的話，我願意接受。」

夕生強笑著這麼回應，看來他並不喜歡這種懲罰。

事實上，不過是十次召喚靈魂的神力而已，這點神力瑛昭完全不在意。他比較想知道的是談不成的原因，因此他輕描淡寫地帶過話題。

「沒關係，不用扣，你繼續說吧。」

「謝謝瑛昭大人！總之，雖然我發現的時候已經快到下班時間了，但為了搞清楚狀況以便向您報告，我就留下來加班，詳細問了他簽約失敗的過程。然後我發現，那些靈魂不是溝通不良無法跟他達成共識，就是被他冷嘲熱諷氣走的！他那不友善的說話方式，我一聽就知道，一點當業務的覺悟都沒有！他甚至連我都嗆，所以我才跟您說，這個新來的我實在沒辦法指導，因為他太難教育了啊！」

夕生的控訴，讓瑛昭露出意外的表情。畢竟昨天在辦公室裡，墨輕染表現得十分有禮貌又有耐心，一副很樂意配合各種事情，也想好好工作的樣子。

「輕染，事情就像夕生說的這樣嗎？你沒辦法跟那些靈魂好好溝通，並且在夕生指正你的時候，態度也不好？」

他總要聽聽另一個當事者的說法，所以他開口問了墨輕染。

「我個性不好，不是誰說的話我都願意聽，關於這點，我很抱歉。」

他這獨樹一格的道歉話語，瑛昭也是第一次聽到。

呃，你的道歉聽起來似乎哪裡怪怪的，我好像感覺不出多少歉意。怎麼有種「我就是這樣不想改」的感覺？還是，你是在暗示應該讓一個管得住你的人來指導你，例如季先生？

意識到這一點後，瑛昭頓時陷入糾結之中。

假如這是他的目的，我該讓他稱心如意嗎？新人這種態度，身為上司，我是不是該好好教育一番才對？正常來說，本來就不該挑剔由誰來指導自己吧，而且他想要誰我就給他誰，這是不是太順著他了？

不過，如果以公司收入為考量，就該盡快讓他進入狀況，只要能快速把他變成任務成功率高的優秀執行員，其他事情不用計較那麼多也沒關係……是這樣嗎？我要不要再好好想想？

「瑛昭大人！您看看！他就是這種態度，我們是不是該退貨啊！」

顯然，在夕生眼中，墨輕染是個不受教又無法立即為公司帶來收入的沒用執行員。然而先不提公司有多缺人，光是璉夢親自招人這點，就足以讓瑛昭多給他幾次機會。

只要他肯學習，以他的資質，多半能成長為不錯的執行員吧？而且人是父親帶來的，沒經過父親大人同意，我可不敢一天就把他辭退。父親大人什麼熱鬧都還沒看到，回來要是發現人已經被送走，鐵定會找我們麻煩，所以還是以教導為優先，培養看看吧？

按照這個思路，好像真的只能請季先生出手……

「好不容易才來一個新人，退貨什麼的，言之過早了。我知道你受了委屈，關於這件事，我們就——」

瑛昭說到這裡停頓了幾秒，才勉強擠出後面的話來。

「——從他第二個月的薪水扣除五分之一來當作懲處吧。人還是要教的，我會請別人來教，辛苦你了。」

在瑛昭看來，墨輕染的行為必須有個處分，但他們沒有什麼明確的公司規章，人界也不允許私刑，他能想到的、唯一比較可能合法的懲罰就是扣薪，所以他思考再三，最終做出這個決定。

才來第二天，就已經扣到第二個月的薪水……結果我也跟父親大人一樣殘忍啊，只是我沒有扣足一個月而已……

「瑛昭大人真是仁慈，您居然覺得他還有救嗎？是不是打算叫小季指導他？以他這種個性，小季講的話再有道理他也聽不進去吧，還會浪費小季寶貴的時間，讓公司的收益變少呢！」

夕生才剛說完這段話，沉默許久的墨輕染就急忙開了口。

「沒有這回事，讓哥教我吧，哥說的話，不管是什麼我都會虛心接受。」

他明顯的差別待遇，讓夕生瞪圓了眼睛。要不是瑛昭人在這裡，夕生或許會想跟墨輕染打一架，逼他說清楚到底對自己有什麼意見。

「說了別叫我哥！」

「你沒說啊，上次我問你能不能叫，你沒回答我。」

被季望初吼了一聲後，墨輕染又擺出一副委屈的姿態，和剛才高傲的態度相比，簡直判若兩人。

「季先生，那他要怎麼喊你，你才肯教他？」

瑛昭問這個問題，純粹是因為好奇，卻被季望初瞪了一眼，彷彿他又問了什麼奇怪的事情。

「有夠麻煩，喊季哥吧，所以常識嚴重不足的部分，到底是什麼狀況？」

第二章

一聽季望初問起這個問題，夕生就忍不住開始抱怨。

「那些靈魂在傾訴自己的煩惱與委屈時，他不只一點同理心都沒有，還會問一些奇怪的問題，讓人覺得他是刻意刁難，因此來了十八個靈魂都不肯跟他簽約！在我仔細詢問後，發現他有的時候不是故意的，是真的不懂才明知故問，但那些事情普通人都懂啊！」

「例如呢？」

沒有例子，瑛昭無法想像，因此他問了一句。

「比方說，有個靈魂陳述自己因為發育得早，身材太好，求學期間老是被班上男生盯著看跟嘲笑，然後這傢伙居然問對方，為什麼不把那些人的眼睛挖出來就好！怎麼可能做這種事啊！他們那個世界都是這樣解決事情的嗎？」

呃……這種處理方法聽起來確實激進了點，在神界有可能發生，但在這裡是不行的吧。所以你說他沒常識，指的是沒有這個世界的法律觀念嗎？這的確是很需要惡補的知識。

「再比如說，另一個靈魂說自己很寂寞，都交不到朋友，結果這傢伙跟對方說朋友可以用錢買，只要肯花錢沒有什麼是買不到的——人家要的是這種東西嗎？他眼中到底有沒有正常的人際關係啊！他自己不正常，別人也都不正常嗎？」

這個……如果從之前任務中的情況看來，墨輕染的確沒什麼正常的人際關係，這恰好就是他的短處吧？不過某方面來說，他說的也沒錯，只要有錢了自然會有人貼上來，而你永遠別想知道他們是不是真心的。就是因為這樣，我過去才不怎麼交朋友……

「缺乏同理心，開口氣死對方的部分我也能舉例，有個靈魂提出想回到年輕的時候給自己丈夫生三個以上的小孩，他居然直接嗆對方，說她這種毫無意義的人生目標可笑至極，活著沒有意義，死了也好！您聽聽看，這是執行員該說的話嗎？」

怎麼又是這個想生三個的老太太！她被抽中的機率也太高了吧！都幾次了？我們的系統是不是該研發黑名單功能？反正沒有執行員願意做她的任務，那就乾脆把她放入黑名單中，以後別再召喚她，這樣也能減少對她的打擾嘛！不然每次被召喚上來，都無法簽約成功，感覺也很對不起她啊！

「怎麼，故意把人氣走，不想生？」

季望初瞥向墨輕染，語氣平淡地問了這個問題。

被他這樣盯著，墨輕染猶豫片刻，才為難地做出回答。

「要生也得看對象是誰吧……」

咦？所以對象對了，你就願意生？

「才剛來就挑剔工作？你真的有心在這裡任職？」

季望初繼續質問，他咄咄逼人的態度使得墨輕染僵了幾秒，隨後便做出妥協。

「只要是季哥覺得我應該接受的任務，我就願意嘗試。需要把那個女人叫回來簽約嗎？」

不需要！季先生你這是在刁難他吧？王寶華也很愛挑剔任務啊，你怎麼就沒意見？

啊，等等，如果輕染接了這個生孩子的任務，季先生未來就不會接到了，那好像也不錯……？

「不必。我先問你幾個情境題，你回答看看。」

季望初說著，見墨輕染點頭，便開口問出第一個題目。

「任務要求去參加暗戀對象的生日宴會，你被傳送回宴會前一天，這時候媽媽在翻你的書包，她即將看到你考不及格的考卷，只要被她看到，下場就是被痛打一頓直接禁足。這種狀況下，為了完成任務，接下來你會怎麼做？」

唔，是我完全沒有經驗的情境，我也很想知道季先生會怎麼解決呢。跟母親好好溝通有用嗎？發誓自己下次一定會考好之類的？

在瑛昭思索答案的同時，墨輕染也遲疑地說出了他的想法。

「……把母親打昏？」

這是瑛昭完全沒想過的答案。夕生翻了白眼，季望初則皺了皺眉，繼續追問。

「正常來說，打昏也不可能讓她直接昏睡到明天宴會結束才醒來，等她醒了自然會開始找你，你有好好思考過嗎？還是說，你思考的是可以用能力的狀態？你現在使用的是委託者的身體，這個身體可沒有你那些五花八門的能力。」

在季望初這麼說之後，墨輕染很快就修改了自己的答案。

「那麼，把母親殺掉？」

「……」

季望初無言地看著他，夕生搖了搖頭，瑛昭也被他的答案震得說不出話來。

該說是一勞永逸的辦法嗎？如果只考慮任務，這個方法好像是行得通，可是……正常人會選擇這種做法嗎？自己的母親，說殺就殺？

瑛昭十分想知道季望初此刻的想法是什麼，使用讀心能力後，馬上聽見了季望初的心音。

『**難怪璉夢那個王八蛋會對他感興趣，他就是想看到這種亂來的發展吧？**』

啊，又在心裡罵父親大人了。原來父親大人喜歡看這種發展？那他真是挺不在乎委託者的心理健康……

「你現在還不適合開始做任務，先把這裡的道德倫常與法律弄懂再說。」

最後，季望初臉色難看地對墨輕染這麼說，墨輕染則不解地開口詢問。

「我的答案有問題嗎？能不能告訴我問題出在哪？只要能完成任務不就好了？」

「你這樣完成任務，會收到很多投訴！」

「收到投訴會怎麼樣嗎？會被免職？」

墨輕染這個問題，同時也是瑛昭想問的。他連委託者可以投訴都不知道，想來即便收到投訴，也不會轉到他這裡來。

「免職倒是不會，只是會扣除一些積分，扣下來反而還倒賠，很不划算。」

這次回答的人是夕生，聽完他的話後，墨輕染看起來放心了許多。

「原來如此。只是扣除積分的話，那沒什麼大不了的，要扣就扣吧，我不在乎轉世機會。」

又一個不想轉世的執行員？那訓練好了不就可以一直為公司賺錢嗎？

想到公司的收入，瑛昭立即在心中為墨輕染加了不少分，更加深了應該好好指導他的想法。

「你不在乎轉世的機會，為什麼要來當執行員？」

季望初冷冷地發問，墨輕染則眨眨眼，很快做出回應。

「我想體驗更多普通人的人生。」

瑛昭很懂得什麼時候該讀心，現在顯然就是個很好的讀心時刻。

『**當然是為了你來的啊，哥。**』

……嗯，好，我看到你明確的目的了。但是為什麼呢？季先生只是扮演了墨輕玄，實際上他就是個跟墨輕染無關的陌生人啊，追著一個假哥哥過來，到底有何意義？我還是想想辦法，找機會跟季先生說說看吧？

墨輕染給出的答案讓季望初冷笑一聲，也不知是否看穿了他的謊言。

「反正你第一個月也沒有薪水，就把自己當成見習生，旁觀我做任務吧。學會使用網路了沒？執行員都會配發手機，記得去找夕生討，道德倫常與法律的部分，你下班的時間自己想辦法補。瑛昭大人，這樣的安排你覺得可以嗎？」

「可以啊，我沒有意見。」

季先生居然肯讓他旁觀任務！這算對他很好了吧？

「沒意見的話，那可以開始了，記得把今天的飯糰給他。」

要是季望初沒說，瑛昭差點就要忘記這件事。他羞愧地開始做飯糰，夕生則在確定這個燙手山芋不歸自己管之後，愉快地回去上班了。

「輕染，昨天的飯糰吃得還習慣嗎？你有沒有特別喜歡什麼口味？」

為了彌補心中那點愧疚感，瑛昭打算替他客製一下飯糰的內容物。

「有的吃就行，什麼都可以，您不必對我這麼好。」

因為他這麼說，本想搜尋便利商店飯糰菜單給他看的瑛昭登時停下動作，開始思索自己該給他做什麼口味。

昨天給他的飯糰都是鹹的，今天要不要加給顆甜的進去？

「有沒有花生口味的？給他做一個。還有鮪魚、鮭魚之類的料，通通可以給他加進去。」

此時，季望初倒是替墨輕染點起了菜。隨著他說出食材，墨輕染也越來越愁眉苦臉。

「哥……」

「說了別叫哥！到底要講幾次你才能學會？」

他們的互動，讓瑛昭默默領悟了些什麼。

所以……這些食材其實是墨輕染不愛吃的東西吧？季先生這是想整他？那我要配合嗎？明知人家不愛吃，還硬是塞給人家，這是不是不太好？

「季先生，這些口味我不會做。」

瑛昭想了想，決定用不會做當藉口，搪塞過去。

「連這麼簡單的飯糰都不會做，你這個水晶球怎麼如此沒用！」

……

這聲責備讓瑛昭覺得，自己身為上司，實在為新人承受了太多苦難。

「即使是只有白飯的飯糰我也很滿意，瑛昭大人請別介意，您提供伙食已經給了我非常大的幫助。」

墨輕染如果想好好講話，還是能討好人的，至於他為什麼能一天氣走十八個靈魂……瑛昭認為，不是刻意博取關注，就是覺得那些人不配他討好。

此時，季望初已經很有效率地召喚出一個靈魂。雖然要示範任務流程給墨輕染看，但他這次召喚的依然是異世界靈魂，也不知道任務難度如何。

被召喚出來的是一名年輕男子，在季望初要他說說自己的故事後，他就開始哭訴。

『**我死得超冤枉的！我都已經打算要搬家，連新的租屋處都找好了，結果搬家前一天我們那棟樓居然發生火災，嗚啊啊啊啊——**』

或許是因為太不甘心，他一哭就哭了五分鐘。季望初很有耐心地等他平復情緒，墨輕染則不解地發問。

「不必叫他快點說重點嗎？」

「別滿腦子都是效率。人家都死了，只要不是什麼可惡的人，讓他發洩一下情緒也沒什麼。很多時候，如果你不懂對方的感受，不知道他要的是什麼，委託人就不會想跟你簽約。拿到合約只是基本，連合約都拿不到，就別談做任務的能力。」

季望初認真嚴肅地說出這番話。一旁的瑛昭聽了，在認同之餘，又覺得哪裡怪怪的。

看樣子季先生是真的要好好指導他，難得看季先生說這麼多話。不過……就這樣當著委託者的面直接解釋嗎？不用迴避一下？

那名年輕男子似乎也覺得這種狀況有點詭異，因而停止哭泣，狐疑地看了看他們。見狀，季望初露出禮貌性的微笑，簡單進行說明。

「不好意思，因為部門有新人，需要帶一帶，跟教學門診的意思差不多，你們那個世界有嗎？總之，請多擔待。」

『喔喔，是這樣啊，沒關係，我能理解，那、那我就繼續說吧……』

唔？人好像還挺好的？所以那個教學門診是什麼啊？是連異世界的人都知道的東西嗎？

『我是個普通上班族，最近得到一筆意外之財，剛想用來改善自己的生活，順便嘗試一些新事物，就遇到火災被煙嗆死了。』

男子簡單介紹了自己的近況，神色顯得非常沮喪。

「真是令人遺憾。你想嘗試的新事物是什麼呢？是否與你的遺願有關？」

『啊……就是……一直以來，因為貧窮的關係，我都只能賣自己的時間，現在好不容易有了點錢，我很想試著買別人的時間看看……』

因為他的說法比較特別，季望初便針對話語中的關鍵字詢問了一句。

「賣時間跟買時間是什麼意思？這是你們世界特有的規則嗎？」

在他這麼問之後，瑛昭精神一振，同樣對問題的答案感到好奇。

買賣時間呢！是我想的那樣嗎？買了以後自己就能有更多時間可用，例如一天變成二十五個小時？如果是這樣的話，這個世界也太厲害了，神界的神恐怕都會一窩蜂跑去那裡賺錢買時間修煉，畢竟用錢就能買到時間的話，那實在是太划算了啊！

他心裡滿是期待，急切地想得知詳情。

『噢，那個是我們每個人都會用的功能網站，算是一種……社會制度吧！想販售時間的人會在網站上刊登自己的基本資料與專長，標明一個小時賣多少錢，也可以應徵那種開價找人的單。通常時間內可以做任何事情的賣法會特別貴，我就是想試著買這種的……』

得知實際上是這種規則後，瑛昭相當失望。

什麼嘛，我還以為是很厲害的世界規則，結果只是一種人力仲介平台，那也不怎麼特別啊。這個異世界真普通，不過，用來示範流程給輕染看，可能難度比較適合？

「你想買別人的時間？用來做什麼呢？」

與任務相關的細節，必須問清楚才能好好進行。而在季望初發問後，男子顯得有幾分尷尬，眼神游移了幾秒，才紅著臉擠出話來。

『就、就是想買漂亮女人的時間，可以做任何事情的那種啦！』

他大吼出這句話之後，房間裡安靜了一瞬。大概是察覺大家看自己的眼神出現微妙的變化，男子慌張地開口補充。

『我沒有什麼變態嗜好！我、我只是有點嚮往那種漂亮女人對我百依百順，聽我的話的感覺，就只是這樣而已！』

「……如果這是你的遺願，那你是不是想自己去執行？」

季望初似乎對這個任務興趣缺缺，想誘導委託人自己上。

『呃……我還是比較想委託你們處理耶，因為我那筆意外之財可能不夠多，頂多只能買一個人的時間，而且還買不到太漂亮的。其實我一直有關注網站上接單的女人，有一個我很喜歡，但她的時間很貴，我買不起……可以先幫我賺到足夠的錢，再幫我買她的時間嗎？』

男子說著，瑛昭則越聽越覺得不單純。

所以你已經看好目標了，是你喜歡的類型？雖然你一直強調自己不是變態，但你買對方的時間應該不是想跟對方聊天吃飯就好吧？我最近看了不少小說，還是懂一點的！

「那簽約條件就設定成幫你賺錢，買下指定對象的時間，交易完成後任務就完成。你看一看，沒問題就簽名吧。」

大概是嫌棄任務內容的關係，季望初的態度出現了幾分敷衍。在對方簽名後，旁觀一切的墨輕染不禁發問。

「季哥，你真的要替他去交易？不能賺到錢之後再換人，讓他自己去交易嗎？」

這種事情是能辦到的，瑛昭正想開口，季望初卻搶先一步回絕。

「對他那麼好做什麼？錢是我賺的，買來的時間當然該由我享受。好了，我去執行任務，你好好看著吧。」

說著，季望初啟動任務，人便被傳進了虛擬世界中。

他剛才那番話，讓墨輕染的神色變得不太好看，瑛昭也錯愕得沒立即叫出投影螢幕。

等一等，如果是我想的那樣，季先生這算是利用職務之便公然買春嗎？雖然是任務的要求，可、可是我們也可以不接的吧！這種任務還是不要接比較好啊……仔細想想，這種任務跟生孩子的任務是不是差不多，甚至要做的事情還少一點？但是那個生孩子——至少是在婚姻狀態下，我覺得狀況不同——不，到底為什麼要為了任務出賣色相啊！

……不過季先生剛才說他要自己享受。所以他沒有不情願，甚至還覺得是一件愉快的事嗎？我依然覺得讓委託者自己去才是正確的，但季先生都說了，我擅自幫他換人的話，他會生氣吧？

「瑛昭大人，請問該怎麼觀看任務呢？」

此時，墨輕染的聲音讓瑛昭回過神來，卻一時不知該如何回應。

要看嗎？這是我們應該看的東西？是不是讓委託者自己看比較好，大家一起旁觀的話，季先生也太沒隱私了吧？

「瑛昭大人？」

見他沒有反應，墨輕染又喊了一次。

考慮再三後，瑛昭糾結著放出投影螢幕，任務畫面這才出現，化身為委託者的季望初正在研究買賣時間的網頁。

前面需要先賺錢吧？所以前面是可以看的。等到出現那種畫面，我再思考要不要截斷，總之……相信季先生吧，萬一不是我想的那樣呢？

*

想要在異世界賺錢，研究大家買賣時間的內容，是一定要做的事。季望初在簡單查閱時間買賣網站，並瀏覽了一些論壇後，初步確認了幾件事情。

第一，這個世界沒有魔法或超能力之類的東西，人們學習的東西，少部分沒有聽過，其他則跟原來的世界差不多。

第二，委託者想買時間的對象，一個小時要價十萬元，一次至少要買四小時，也就是四十萬元，而委託者的帳戶裡目前只有十三萬元。

第三，他來到的時間點是火災發生前五天，也就是說，只要在五天內賺到足夠的錢完成交易，他就不必繳納新住處的押金，也不需要搬家，帳戶裡的錢都能留著使用。

第四，比起正經販售技能的單子，價格更好的是一些奇怪要求的單，以及時間內可做任何事情的單。

整理出這四點後，季望初開始思考自己要用什麼方式賺錢。只靠委託者原本一個月六千的工資，顯然是不現實的，時間內可以做任何事情的單他也不想做，畢竟無法確認花錢的人到底想做什麼，他向來不喜歡這種不確定性。

於是他開始瀏覽那些有特殊要求的單，打算看到條件適合的就去應徵。在那些稀奇古怪的要求中，他很快就找到一個簡單粗暴的徵求單。

單子上是這樣寫的：徵人打我，一個小時三萬元，打到昏厥或不疼都不給錢。

季望初跟對方取得聯繫後，得知對方想體驗被揍的疼痛感，但又不想受重傷，在對方列出能接受的傷勢後，他決定接下這張單子，出門賺這三萬元。

在任務中接任務的感覺，讓他心情有點複雜。委託者的身體並不強壯，不過他認為，用上一些技巧後，揍人揍一小時仍是不成問題的，而且……要是承受的疼痛太高，說不定對方還會想提早結束，那他可就賺到了。

看著螢幕上季望初接下的單，瑛昭神色古怪，思緒又開始飄離現實。

任務的目標是成功買春，在買春之前則是要去揍人……血腥暴力情色都佔滿了，這是不是算限制級？可能跟最近看的東西有關吧，我腦中老是跳出電影分級制度，啊，不對，對方要求不能受重傷，所以應該不會太血腥……

說到血腥，還是墨輕玄任務中的輕染最血腥，那時候我怎麼不會想到這些呢？這是我開始入境隨俗的證明嗎？畢竟，這種程度的血腥暴力，在神界也是司空慣見的。

他心情複雜地看著季望初前往約定好的地點，與買家見面，接著就開始了單方面毆打的過程。

啊，先從頭部開始打？這樣不危險嗎？啊啊，流鼻血了，不過流鼻血好像在買方可接受的傷勢內，啊，接著打軀幹？季先生現在是在示範打什麼部位才能讓對方感覺到痛，又不會受太重的傷嗎？這還需要一定程度的醫學知識輔助吧？

瑛昭與室內的另外兩人看季望初揍人揍了十五分鐘，原本以為要看滿一個小時，買方卻在此時忽然叫停，看樣子是承受不住了。

『好了好了！今天就這樣吧！沒想到被打也這麼累，我還以為自己能撐很久呢！是不是你打人的手法太專業？』

買方一面投降一面擦鼻血，整個人趴在地上休息，似乎已經動都不想動。

『我有練過。如果你喜歡疼痛，除了用打的，也有很多酷刑方法可以使用，出血量不高，人也可以一直躺著。』

季望初從容不迫地推銷起其他業務，不過這業務內容，瑛昭實在不敢恭維。

怎麼會有人喜歡疼痛？又不是在修練什麼特殊的功法，承受這些疼痛完全沒有好處啊！花錢買疼痛的人到底在想什麼？

『真的嗎？那我把你推薦給我們同好社團的人，裡面有人追求的就是極致疼痛感，他們應該會喜歡。』

買方說出來的話，繼續衝擊瑛昭的價值觀。

同好社團？有這種癖好的人居然如此之多，多到可以成立一個社團？是這個異世界特別奇怪，還是我見識太少？

『果然委託專業的就對了，你們的執行員真厲害，居然有這種賺錢手法，看來賺到足夠的錢應該不是問題。』

此時委託者出言讚許，他看起來一點也不訝異，彷彿這種買賣內容非常尋常一般。

「輕染，你們那邊有這種喜歡疼痛的人嗎？」

珙昭決定稍微調查一下，以便知道自己的認知需不需要擴展。

「我們那邊嗎……其實，什麼樣的人都有，只是某些癖好會被認定是變態，我不是沒聽說過，但沒有實際接觸過就是了。」

墨輕染斟酌之後，小心地開口，並在稍微停頓後又補充了一句。

「要用這種方法賺錢，動用能力的前提下，我可能也做得到。就是不知道虛擬世界內有沒有辦法使用我原有的能力？」

他的問題轉移了珙昭的注意力。

虛擬世界裡有沒有辦法使用執行員原本的能力……好問題，好像該研究看看？之前我們部門招過擁有特殊能力的執行員嗎？執行員自身的體術跟知識都能照常使用，那麼類似魔法或超能力的東西能不能呢？如果能的話，任務執行起來可能會比較簡單，但是否太跳脫委託者原本的人設？

「這個問題我需要研究研究才知道，或者讓你實際進入任務實驗也可以。」

讓墨輕染進任務確認應該是最快的，不過依照珙昭的推論，不是不行，就是只有特定世界才行。

畢竟，先不提執行員的靈魂模擬出的委託者身體有沒有對應能量，只要那個世界沒有相對應的元素，墨輕染的能力多半就使用不出來——即便能使用，也無法補充，用完就沒了。

在眾多能量中，神力算是個例外。神力遍布每個世界，即便是沒有信仰的地方也一樣能使用神力。

至少他從來沒聽過熱愛遊歷的璉夢，遇過無法使用神力的窘境。

「要讓我進入任務實驗，也得先有靈魂願意跟我簽約才行呢。」

墨輕染笑笑地這麼說，瑛昭看不出來他是不是在自嘲。

簽約成功真的有這麼難嗎？總有一些靈魂比較好說話的吧？

『你是這個部門的新人嗎？』

由於季望初先前說過在帶新人，委託者順理成章地做出了推論，便好奇地問了一句。

「是的，我是昨天剛來的新人，目前還沒成功簽約過，沒有靈魂願意將自己的遺願委託給我。」

『為什麼啊，你自己知道原因嗎？』

「可能是因為我生長的環境異於常人，導致我無法同理大家的小煩惱，說出來的話太直接又太難聽，態度不夠溫柔體貼，人家才不想跟我簽約吧。」

墨輕染說這些話的時候，臉上依然帶著笑容。委託者一時被他的笑臉所迷惑，又追問了下去。

『講話太難聽？比如說呢？如果跟我接洽的人是你，聽到我的委託以後，你會說出不好聽的話嗎？』

「嗯。」

墨輕染微笑著點頭，並以溫柔的聲音開始示範何謂講話太直接。

「我會先嘲笑你的死因，接著再批評你的遺願。火災逃生有很難嗎？會因為這點小意外就死掉，又因為那種無聊的遺憾而滯留靈界，簡直沒用到了極點，如果沒有業績壓力，我是不會接這種委託的。」

他的毒舌衝擊到委託者，也衝擊到了瑛昭。

輕、輕染！有必要這樣說話嗎？雖然他看起來有點沒用，但他就是個普通人啊！這樣的人，在各個世界上應該都很多吧？就算他已經跟季先生簽約，你也不要這麼暢所欲言，被你這麼一說，氣氛多尷尬啊！人家都死了，對他寬容一點嘛！

『話、話不是這麼說的吧！我也努力逃生過，可是我家在七樓，火源在樓下，逃

到頂樓之後又發現頂樓的門是上鎖的，我有什麼辦法呢！』

委託者試圖為自己平反，墨輕染則笑笑地繼續質疑。

「從七樓直接逃脫，很難嗎？」

……說實話，我也覺得不難，但那是因為我有神力。對神來說，要從七樓逃脫火場，不過就是一個法術的事，我還有很多種類的法術可以選擇。然而對普通人類來說，他能倚靠的只有自己素質不怎麼樣的身體，以及屋子裡的東西吧？

因為沒有經驗，我沒辦法想像普通人要怎麼從七樓直接逃脫，不然等季先生回來再問問他難不難吧。

『**當然很難啊！電梯不能搭，樓梯不能走，難道要我跳樓嗎！從七樓跳樓是會死的！**』

「你總有床單棉被之類的東西吧。綁堅固的繩結，垂降下去不行嗎？你甚至不必垂降到地面，只要垂降到沒有失火的樓層，從陽台進入逃生就行。不過，要是你不知道繩結怎麼打，又或者手腳無力，抓不住攀爬物，也支撐不住自己的身體……那就只能說你真的很無能了。平時沒有為了生存努力學習，事情發生了才懊悔，事實上，找再多藉口也來不及了，不是嗎？」

輕染，你的口氣好嚴格啊，你說的那些，真的是和平世界普通家庭中長大的人必須學習的東西，沒學就是不夠努力嗎？看來要問季先生的事又多了一個，而在此之前，我是不是該先阻止他的毒舌？

『我——我生活已經過得很苦很累了，哪有精力學習技能跟鍛鍊自己啊？』

「所以你會一直都很苦很累，甚至還死了。」

『這不是我的問題吧！是整個大環境對普通人不友善，是我父母不夠有錢，沒辦法給我夠多的資源啊！』

瑛昭可以預見墨輕染接著鐵定會說出更毒辣的話，因此他搶先出聲。

「輕染！你簽約失敗的原因我們都知道了，季先生之所以讓你過來旁觀，不就是要你學習改善嗎？試著用溫柔一點的態度跟人說話吧！先收起你的尖銳！」

在瑛昭這麼說之後，墨輕染面上流露出些許委屈。

「是他要我示範的啊。他自己討罵，應該不至於承受不住吧？就算真承受不住，那也不能怪我太尖銳啊。」

聞言，瑛昭回憶了一下先前的對話，發現事情確實如他所說。

呃……好像是這樣沒錯，是委託者自己一直追問，語意上也是拿自己做為範例要他試試看的樣子，那我還有必要阻止嗎？

『**你講話確實很難聽，如果剛剛跟我接洽的是你，我就不會簽約了！**』

委託者看起來受到了不小的打擊，像是為了扳回一點氣勢，他鐵青著臉說出了這番話。

「你不想簽，我也不想接啊。是季哥人好肯幫你，你應該心存感激。」

居然這麼挑剔？這個任務看起來不難啊！若不是買春的部分讓人有點疑慮，這根本是個送錢的任務吧？為了部門的營收，簡單的任務就應該接才對！我要好好教育他！

但他會聽我的話嗎？

「輕染，季先生說的話你會聽吧，那我說的話你會聽嗎？」

「會啊。」

墨輕染微笑著回應，不過瑛昭早已開啟讀心能力，所以聽見了他內心的想法。

『**為了在部門待下去，上司的話還是得聽的，但他看起來很天真，不想聽的時候總有辦法可以搪塞過去。**』

……我都聽到了。又是個難搞的部下，可惡！

＊

另一邊，季望初的賺錢之路相當順利。透過那名買家，他成功接到幾單買賣，有人想被揍，有人想感受極致疼痛，他全都約了三天內的時間，打算速戰速決，賺到錢之後就去完成任務。

於是，接下來直播的任務內容，就這麼朝血腥暴力的路線奔去，一去不回頭。

聽著那些買家的慘叫與呻吟聲，瑛昭覺得自己需要快速前進的功能，然而，只要他想隨時與任務中的執行員保持聯繫，這個功能就不可能並存。

我到底在看什麼……季先生怎麼如此擅長施虐？任務做久了什麼都會，也包含這方面的技能嗎？到底是什麼樣的任務才會學到這種東西啊？

幸好賺錢的部分快要結束了，只要結束這一單，錢就夠了吧？接下來就是委託者期待的部分……

瑛昭看著季望初收到匯款，確認了銀行帳戶餘額，然後上網點開那名女子的頁面，爽快地買下四小時的時間。

他與對方將見面時間約在當晚，季望初給了自己家的地址，接著便一面瀏覽網路資訊一面等待。

『啊啊，怎麼約在家裡啊，我家這麼破，讓人家看到多不好意思——』

委託者似乎對地點不太滿意，這讓瑛昭看了他一眼。

「不然你覺得應該約在哪呢？」

『反正他還有多餘的錢嘛，約個高級飯店，甚至是有質感一點的汽車旅館都可以啊！在家裡多沒氣氛，超級不浪漫的，都花了四十萬買女神的時間了，省這點錢約在家裡，都不覺得很掃興嗎？』

「女神？她不是人類嗎？」

瑛昭的疑問讓氣氛瞬間變得略顯尷尬。

『那是一種對自己高攀不起的心儀女性的代稱啦！』

原、原來如此，嚇了我一跳，還以為是什麼不得了的狀況……話說回來，又想約在旅館，又想要氣氛跟浪漫，所以你的目的果然是我想的那個吧？你的要求我就不幫你轉達了。

「你讓別人做這種委託，不覺得是給自己戴綠帽嗎？」

此時墨輕染問了這樣的問題，委託者的臉色再次變得很難看。

『**話不能這麼說，他扮演的是我啊！而且沒有交往，就沒有緣不緣的問題！**』

你說的話也讓人想喊「話不能這麼說」。我已經不知道該如何評論這整件事情，各方面都一言難盡。幸好這個任務快要結束了，希望下一個任務是可以闔家觀賞的內容……

隨著虛擬世界內的時間流逝，很快就到了約定時間。門鈴聲準時響起，季望初起身開門。門外，打扮性感的女子對他露出笑容，打完招呼就大方地走進屋內。

『**啊——可惡！果然還是有點不甘心，她都露出這麼甜美的笑容了，應該要給點反應啊！培養一點戀愛的感覺不好嗎？**』

你有這種要求就要先提出啊，沒先講我們怎麼會知道？現在傳訊息，季先生也不會配合吧，你就姑且看看，別挑剔太多。

螢幕上，季望初請女子在書桌前坐下，以俯視的視角看著她，淡淡開口。

『**我確認一下，要妳做什麼都行，對嗎？**』

在季望初這麼問之後，女子立即點了點頭。

『**是啊，在這四小時的時間裡，想要我做什麼，或者對我做什麼都可以喔——**』

『如果妳做不到呢？或者我提出要求之後，妳不想做，這種情況會退錢嗎？』

『只要是我能力範圍以內，符合網站規範的事，我都不會拒絕的，否則退費給你也沒問題。我能做的事情可比你想像的多很多，畢竟我的時間不算便宜嘛。要我做什麼，你可以直接提出。』

她刻意擺出的誘惑姿態，讓委託者吞了口口水，簡直比任務中的季望初還要緊張。

瑛昭覺得，這種時候最好還是不要讀心。這種時候讀心，鐵定都是一些限制級的東西。

季望初確認完，又笑笑地問了幾個問題。

『大學生？』

『嗯，是呀。』

『什麼科系？成績如何？』

雖然不明白他為什麼要問這些，女子還是老老實實回答了。

『數學系，成績優等，在我們班上我的成績算是很不錯的。』

『好。』

季望初一面聽，一面坐到電腦前操作滑鼠鍵盤，很快就下載了一些東西。由於動作太快，大家並沒有看清楚他下載的是什麼。

接著，他重新站起，請女子代替自己坐上電腦桌，接著走到她身後，一手搭著椅背，一手向前握住滑鼠。

略微曖昧的氣氛，在他開口之後蕩然無存。

『這裡有一些你們科系的考題，一共四小時的時間，妳就來做這些試題，好好溫習功課吧。我的要求不多，四小時內做完這些題目，正確率比我高就行，妳失敗的話就退費。』

原先還含羞帶怯的女子，聽完他說的話後，頓時露出不可思議的表情。

『你要我……做考題？』

『對。有什麼問題嗎？跟我比賽一下，對妳這個成績優異的學生來說，應該不成問題吧？』

確認他不是在開玩笑後，女子瞬間像是不知該如何反應，面上也透出了幾分驚慌。

『我的成績其實很普通，剛剛是我吹噓的，沒辦法用來打賭退不退費！』

『不敢賭嗎？好吧，那就當我日行一善，幫助妳精進學業，妳只要做考題就好，比試的部分取消。這麼單純的要求，妳總不會說妳辦不到了吧？再不行的話我要跟網站投訴了。』

從女子的臉色看來，她明顯不怎麼喜歡季望初安排的工作內容，但礙於網站規範，她最終仍乖乖就範，老老實實地開始寫季望初找來的考題。

瑛昭的辦公室內，目睹了這一切的三人都處在呆愣的狀態。

首先發出聲音的是墨輕染，他噗哧一聲笑了出來，沒有發表任何想法。

處在驚愕中的委託者則在回過神後，馬上崩潰。

『不！這不對啊！花了四十萬請人家補習功課？他是不是有病！』

委託者的不滿在瑛昭的意料之中，但季望初的做法，瑛昭是贊同的。

我就說季先生怎麼會二話不說就同意接下任務，還大方讓我們看，原來他根本不打算照委託者的心意買春啊！我還在想要不要中斷直播呢，沒想到根本是我想太多。

總之這樣的發展很好，看了也比較不會尷尬，唯一不開心的只有委託者而已，委託者的心情……隨便吧！合約都簽了，能夠完成任務就好，沒問題的！

「以合約內容來看，季哥的做法符合要求，你為什麼要生氣呢？」

墨輕染語氣平淡地這麼問，彷彿他真的不明白委託者生氣的點是什麼。

『什麼符合要求！雖然我沒有明說，但你們都知道我買時間的目的吧？我就是喜歡她的外表才想買她時間的啊！那可是四十萬耶！正常來說，花這個價格買四小時的時間，還能做什麼別的事？當然只有那個啊！』

哪個？你真的臉皮很薄，連那個是哪個都不好意思直接說出來，也就是這樣，季先生才有機會鑽合約漏洞吧……

「既然你沒在合約上明確指定，就是任由執行員發揮的意思，就算你覺得事情跟你想的不一樣也沒有用。」

雖然墨輕染才上班第二天，但他對合約方面的事情似乎看得十分通透。

『你們這是詐欺！是詐騙！欺騙我的感情！我都已經犧牲親自上陣的機會了，居然還不滿足我的要求，你們有沒有良心啊！』

他的血淚控訴讓瑛昭有點心虛，墨輕染則不然。

「監督女神學習有什麼不好嗎？就算是騙，也是騙你去投胎，我不明白你有什麼好生氣的。」

在他這麼說之後，委託者頓時就像被戳破的輪胎，整個人氣勢消了下去。安靜幾秒後，他愁眉苦臉，以可憐兮兮的語氣開了口。

『我知道你們本意是為我好……以前從來沒有人主動想為我做點什麼，所以我其實也是很感動的……』

「那不就好了嗎？」

墨輕染回了一句後，對方看起來更委屈了。

『可是我人都死了，就這麼一個小小的心願，也不會傷害任何人，為什麼就不能讓我滿足呢？』

被他這樣一說，瑛昭瞬間有點動搖。

也是啊，雖然父親大人說委託者不是重點，但他的願望並沒有特別難搞，我們這麼做是不是不太厚道？

「誰說不會傷害任何人？」

此時墨輕染嗤笑了一聲，反駁了委託者的話。

「這個女人是你的女神，可是季哥明顯對她沒興趣。雖然做任務時使用的是虛擬世界，但執行員的感官卻是真實的吧，硬要他跟沒興趣的對象發生關係，這難道不是精神傷害？」

他的話讓委託者目瞪口呆，好半晌才回神。

『**正、正常男人能跟美女發生關係不是都挺開心的嗎？通常不會拒絕吧？**』

「在你的價值觀裡是那樣，對我們來說可未必。退一步說，你怎麼知道季哥是正常男人？」

這句話讓瑛昭臉上一抽。

你這樣汙衊季先生對嗎？不要仗著他聽不到就亂說啊！

『**他不是正常男人？那怎麼不找個正常男人幫我呢！換成你不行嗎？**』

聞言，墨輕染毫不猶豫地一口回絕。

「我也不是正常男人，你死心吧。」

……所以你又是哪裡不正常了？

瑛昭傻眼之下，甚至都忘記自己可以讀心了。

第三章

委託者與墨輕染爭論不出什麼結果，最後委託者也只能認命，乖乖看季望初幫自己的夢中情人輔導學業。

四小時過去，女子帶著強裝出來的疲憊笑容告辭，季望初通知瑛昭結束任務，接著虛擬世界關閉，季望初也重新出現在辦公室中。

一見他現身，委託者便不甘心地湊上前，問出自己內心的疑惑。

『**你應該知道我買她時間的目的是什麼吧？**』

季望初其實可以裝傻帶過，但合約已經完成，他也懶得騙人。

「知道啊，怎麼了？」

『**那你為什麼不照做呢！我的女神難道不是你的菜嗎？她那麼美！**』

委託者氣憤的樣子，彷彿不問清楚自己會死不瞑目一般。

被這樣逼問，季望初皺起了眉頭。

「看看這個房間裡的人，你還說得出她很美嗎？」

……季先生，你這句話……不太對吧？怎麼拿我們跟普通人類比？我們一個是神，一個是異世界人類耶，啊，不過這個委託者所在的世界也算是個異世界……

看了看瑛昭、季望初跟墨輕染後，委託者一時詞窮，過好幾秒才擠出一句話。

『**怎麼能這樣比！你們都是男人啊！**』

「怎麼不能？美麗是不分性別的。」

『**但性向有分啊！**』

「我是雙性戀，行了嗎？」

季先生，之前的任務你好像說過自己是同性戀，現在又說自己是雙性戀，所以你到底是……？還是說，你都是隨口說來唬人的？

「季哥，任務完成後直接用合約將對方送走不就好了嗎？還跟他廢話這麼多做什麼？」

墨輕染的發言讓瑛昭將視線轉向了他。

輕染，你也太急了吧？說幾句話的時間還是有的，有時候還要安撫委託者的情緒啊，只要對方不是什麼很討厭的人，稍微給他一點時間還是可以的吧？

「要不要直接送走，主要還是看心情。心情不好的話，直接送走也是可以。另外，如果你對委託者的印象還不錯，就多讓對方問幾句也沒什麼關係。」

聽季望初這麼說，墨輕染的神色頓時變得有些古怪。

「所以……季哥你對這位委託者的印象還不錯？」

不只是墨輕染，瑛昭同樣感到意外，畢竟這位委託者很普通，看起來也沒什麼值得欣賞的地方。

「是不錯啊，他給了我一個舒壓又有娛樂性的任務，真是個不錯的委託者。」

季望初笑著稱讚了對方，可想而知，委託者聽了只會更加鬱悶。

『**如果再給我一次機會，我一定會好好注意合約……**』

「可惜沒這個機會。下輩子加油吧，再見。」

說著，季望初便將委託者送去轉世，接著準備召喚下一個靈魂。

「輕染，看完季先生做的任務，你有沒有什麼感想？」

瑛昭認為，教學任務結束一輪後，應該問一問學員心得。因為季望初沒問，他就自己開了口。

「季哥不愧是第十九號部門資歷最深、能力最強的執行員，整個任務過程流暢完美，效率一流，同時讓我見識了季哥在搏鬥、施虐與數理上的功力，這包含了對人體的高度了解。其中數理是我比較不在行的，有機會也想請季哥幫我補習一下。」

墨輕染一番吹捧後，提出了補習的要求，聞言，正要召喚靈魂的季望初手一抖，不悅地看向他。

「補習？你交得出補習費嗎？請我當老師可是很貴的。」

「季哥要跟我收錢？剛才的任務裡，你都肯花大錢幫人補習了，我還以為你很喜歡教學呢。」

「跟花大錢找人上床比起來，我確實比較喜歡幫人補習。任務是任務，現實是現實，如果想留在這裡當執行員，你就得搞清楚這一點。」

季望初說這話的語氣有點重，瑛昭敏感地覺得他話中有話，意有所指。

季先生是不是在暗示，要輕染別因為看了先前的任務而移情，一直追著他喊哥？輕染的臉色好難看，不知道他是否也聽出了同樣的意思？

「季哥做完任務，每次都能瞬間抽離，拋下任務中產生的所有情感嗎？或者，你在做任務的時候，本身就不帶情感？」

聽了他的問題，季望初露出了瑛昭很熟悉的表情——每當他覺得「有夠麻煩、麻煩死了」的時候，就會擺出這樣的面孔。

「做任務當然不可能不帶情感，人又不是機器，總有自己的喜惡。時間久了，任務中的情感就影響不到你了，一開始不用太強求出戲，完成一個任務後可以休息幾天再來。」

儘管他硬是將墨輕染的問題解釋成求教，但他回答之後，墨輕染依然眼睛一亮，心情似乎又變好了。

「我知道了，季哥。有你的指導，我一定能很快成為合格的執行員。」

「先改善你的傲慢再說吧！如果你看不上那些不夠聰明、能力不足的普通人，那你能接的任務就非常少，對公司來說就是個沒什麼用的人。」

季望初這番話，讓瑛昭陷入了短暫的困惑。

季先生會在乎這個嗎？居然幫忙洗腦新進員工，他什麼時候這麼把公司放在心上了？我以為公司的業績只有我在乎，結果不是這樣嗎？

「我會的。季哥的教誨我都放在心上，絕不讓季哥失望。」

瑛昭看不出來墨輕染說話時有沒有誠意，季望初則微微一笑，決定立即檢視他的話是否可信。

「既然如此，那我就不召喚了，先讓你實踐，成功簽約給我看。」

咦？這麼快就要進入實踐階段？輕染才看了一次示範耶，會不會太少？

瑛昭內心有幾分質疑，不過墨輕染一點也不怯場，反而露出高興的表情。

「好，有哪裡做不好的地方，再請你指教。」

說著，他調動了瑛昭提供的神力，開始召喚靈魂。

季望初先前召喚異世界的靈魂，他有樣學樣，也從異世界召喚委託者。在水晶球上顯示出世界連接率後，出現在他們眼前的是一個外表平凡的青年靈魂。

「歡迎來到第十九號部門，我是執行員墨輕染。告訴我你想要什麼，我會評估你的願望能不能被達成。」

聽完墨輕染的開場白後，青年很快就進入狀況，滿臉憤恨地開了口。

『幫我報仇！我不甘心啊！』

聞言，墨輕染十分乾脆，馬上就問起細節。

「需要幫你殺人嗎？聽起來不難。麻煩告訴我要殺的人是誰，有沒有指定死法，沒什麼問題的話，簽約之後就可以承接你的委託。」

……輕染，你也太快了吧？你都不聽聽他訴說一下自己的冤屈嗎？我知道你對這

些委託者的故事多半沒有興趣，但先聽一聽也比較好了解狀況啊。

『我想殺的人是——』

「墨輕染，你完全不了解委託者的背景，就要跟他簽約？」

季望初打斷委託者的陳述，皺著眉頭問了這個問題。

「不可以嗎？簽約之後不就會取得記憶？」

直接從記憶來了解狀況嗎？到底該說簡單粗暴，還是該說你真的很不想跟沒興趣的人交流，所以想省掉溝通的過程啊？

「有的時候會有無法取得記憶的狀況，異世界的委託出現這種狀況的機率更高。」

「即使無法取得記憶，也可以執行任務吧？以這個任務來說，只要知道需要殺的人是誰，以最快的速度殺死對方，不就完成了嗎？」

聽他依舊堅持自己的做法，季望初冷淡地看著他，涼涼地回應一句。

「看來你對自己處理突發狀況的應變能力非常有自信。」

「季哥謬讚，我只是很擅長殺人，難得遇到有人委託我擅長的事情，就迫不及待地想表現，希望能早點向瑛昭大人證明我能為公司賺錢。」

墨輕染說出來的話，讓瑛昭有點感動。

無論他是不是為了季先生來的，但他確實很想留下來啊！放心，只要你認真工作，我一定不會把你趕走的！

「噢。那你繼續吧，只要有不怕失敗、多多嘗試的心，隨便你怎麼接任務都可以。」

既然季望初沒意見了，墨輕染便請委託者繼續說下去。

『我想殺的是我的主治醫生！在他死之前，我要聽到他的懺悔，我要他跟我說對不起！』

「要聽到他的懺悔啊，那就比較麻煩了，具體來說是要他懺悔什麼呢？」

墨輕染發問後，青年為了說清楚條件，便一臉憤怒地說起自己跟醫生之間的糾紛。

『原本我的生活好好的，只是身體有點不舒服去看病，卻被他診斷出我得了絕症，於是我的人生就毀了！』

聽到這裡，墨輕染微微蹙眉。雖然他對委託者的人生不感興趣，但還是忍不住質疑了對方的邏輯。

「他發現你得了絕症，難道不該告訴你嗎？」

『**啊？不要質疑我！我只知道治療之後身體越來越虛弱，而且因為頻繁治療，公司直接辭退我，搞得我失業之後沒錢看病，女朋友也離開我，一切都是他害的！**』

……所以沒有誤診，也沒有醫療失誤，就只因為你剛剛說的這些原因，你就怨恨你的醫生，恨到想殺死他，甚至為此不願意去投胎？人類真是好奇妙的生物啊……

「公司辭退你，女友離開你，為什麼你不是怪他們而是怪醫生？」

或許是因為第一次遇到這種人，墨輕染不解地多問了幾句。

『**如果我沒有病的話，一切本來都好好的啊！**』

委託者仍然不認為自己的邏輯有問題。

「無論醫生有沒有告知你真實病情，你的病都不會消失，莫非你覺得完全沒發現，某天直接病發死去比較好？」

有些人會認為完全不知道病情比較幸福，也比較不會在所剩不多的時間裡心煩，然而委託者似乎不是這種想法。

『**沒診斷出來也太過分了吧，根本是庸醫啊！**』

聽到這裡，瑛昭不由得產生一種「這傢伙到底想怎樣」的感覺。

醫生不管怎麼做你都不滿意啊！醫生也太難當了吧？我怎麼覺得，聽來聽去大多是你的問題。這種會拋棄你的公司跟女友都是你自己找的，失業就沒錢治病也很可能是因為你沒有儲蓄的習慣，反正無論如何都不是醫生的錯吧！

「如果今天是另一個醫生診斷出你的絕症，你恨的對象就變成他了嗎？」

『那就不一定了，主要是我討厭我的主治醫生，他居然說我是自找的，說什麼我不去那種不乾淨的地方就不會被傳染這種病，我哪知道那些小姐不乾淨！這能怪我嗎？』

委託者新透露出來的資訊，瑛昭聽懂了，因而更加無言。

你有女友，但你還去買春，然後被傳染了那方面的病？這才是你女友離開你的原因吧！真是個完全不會檢討自己有沒有問題的人耶！

墨輕染問到這裡，沉默了幾秒，接著看向季望初。

「季哥，對第十九號部門來說……業績是最重要的嗎？」

他像是想根據季望初的回應，來決定接不接這個委託。

「不是。」

季望初毫不猶豫地做出回答，接著皮笑肉不笑地補上一句。

「忘了教你一件事，看不順眼的委託人，在送他回去之前，輸入一個指令你就能碰觸到他了，我現在傳給你。」

從季望初那邊收到指令後，墨輕染對於指令該怎麼用也心領神會，一輸入完畢，他便開始痛揍委託者，一句廢話都懶得多說。

『啊！好痛！你做什麼？怎麼亂打人？救命啊！你們都不管嗎？救命——』

在場能制止他的人只有瑛昭，因為季望初明顯是支持的，還在旁邊提供各種資訊。

「靈魂不會暈厥，所以你不必手下留情，想怎麼揍就怎麼揍。他已經死了，不會再死第二次。」

「噢，對了，靈魂也不會流血，揍完都不用洗手，很方便的。」

「這種事情偶爾做一次可以，你可不要拿來當成舒壓管道。欠揍的靈魂沒那麼多，現在是瑛昭大人也覺得他欠揍才縱容你，換成其他靈魂就未必會默許了。」

瑛昭覺得自己只是反應慢了點，話就被季望初說完，讓他連阻止都不好意思。

我什麼都沒說，就變成默許了？雖然我的確覺得他欠揍，但是這樣揍沒問題嗎？

季先生，你說得好像你做過很多次很有經驗似的，是以前的事嗎？我開始旁觀你跑任務後，也只看過一次，而且還是合約完成後才揍的……

這場方面輾壓的毆打，持續了大約三分鐘。委託者一開始一面罵一面求救，在發現這麼做沒有用之後，他便痛哭求饒，但不管他怎麼道歉，墨輕染都不為所動，直到瑛昭良心不安地咳了兩聲，才讓這場暴行停止。

墨輕染一停止揍人，委託者就連滾帶爬地縮到角落，季望初則是事不關己地問了一句。

「瑛昭大人，有何指教？」

你教他動用私刑，在我面前揍人揍了這麼久，還問我有何指教？他叫得這麼慘，我總不能一直裝作沒聽到吧？如果我不出聲，輕染到底要揍多久？

「輕染這樣揍人，不會有事嗎？」

「頂多是被投訴。被投訴的話，會依照情節輕重扣除積分。先不提墨輕染現在沒積分可扣，就算要扣，他也不痛不癢吧？畢竟他之前說了，他不是為了轉世機會來的，是不是？」

季望初自顧自地說完，還尋求墨輕染的認同。

墨輕染果然也沒有讓他失望。

「是。如同我之前所說，我對轉世機會沒興趣，這絕對是我的真心話，請放心。」

輕染之前的確這麼說過……那還有一個問題。

「我印象中，只要積分達到目標，就會被送去轉世。你是不是得多跟季先生學一些扣積分的方法？總不能老是打人，期待被投訴吧？」

說出這種話的瑛昭，其實是很心虛的。教唆執行員違規扣分，以便讓執行員留任，怎麼想都不是一個正直的部長該做的事。

為了讓第十九號部門多出一個資深又優秀的王牌執行員，也為了改善部門的收入，我必須壓下這種良心不安的感覺！畢竟，沒有任何一條規定限制執行員故意被扣分，這麼做應該是能被允許的！

「我聽說季哥已經在部門待了很多年，這是透過蓄意扣分辦到的嗎？」

此時墨輕染問出了這樣的話，讓瑛昭心頭一驚。

打探季先生自身相關的事，好像是他的雷點啊，輕染多半不知道這件事？

「你是從哪聽說的？」

果然，季望初的臉色沉了下來，語氣也變得不太友善。

「是璉夢上神告訴我的，他跟我說了不少你的事情，這是其中一件。」

父親大人！您都跟輕染說了些什麼啊？而且、而且，您都沒跟我說過多少季先生的事情！我也想知道啊！

「……把那個蠢貨送回靈界，然後重新召喚靈魂吧。扣積分的事情，等你有積分再說。」

這麼冷靜？不太尋常，讀心一下好了……

瑛昭嘗試讀心，如他所料，季望初的內心可不像表面那麼平靜。

『該死的！最欠揍的就是這些神，偏偏揍不了，也不能拿他怎麼樣！就算揍得到璉夢，揍下去的後果恐怕也是魂飛魄散，不是扣積分就能解決的吧？』

哇，季先生居然認真想過能不能揍我父親！別說是季先生，就算是我，揍了父親大人以後，也會付出很慘痛的代價吧？至於我打不過他的事，就不提了。

這時候，墨輕染已經將剛剛那悽慘的委託人送走，並準備再次召喚。

「季哥，我現在明白為什麼要先跟對方聊天，詢問各種與他人生相關的問題了。沒有先問過，我怎麼知道這個人欠不欠揍呢？」

執行召喚之前，墨輕染笑著說出了自己的領悟。季望初對此不置可否，只問了一個問題。

「你很想揍人？」

「不，我沒有這種嗜好。對還在適應這個世界的我來說，揍人也是要花力氣的。但我不能錯過任何一個被投訴的機會，只要瑛昭大人不反對，那些需要人打醒的靈魂，我一個也不會放過。」

……輕染，你怎麼能用那麼燦爛的笑容，說出如此凶殘的話？你這樣在我面前說要使用暴力，真的好嗎？我以為這種事情正常來說是要瞞著上司偷偷進行的，你現在直接在我面前說出來，是不是打著我不反對就等於贊同的主意？偏偏我還真不知道該怎麼反對！

針對墨輕染的發言，季望初嘴角一抽，回應的語氣有點陰陽怪氣。

「你的想法我不予置評。比較需要擔心的是你常識不足，眼光又太嚴苛，看見誰都想打。」

「其實認真說起來，我確實覺得每一個都很欠打。如果不是什麼血海深仇之類的事情，有什麼好無法放下的？為了那點雞毛蒜皮的事情就不去轉世，沒有自己回到過去努力的勇氣，拿幻境騙自己也開心，這不是欠打，什麼才是欠打？」

墨輕染說話的態度，散發出濃濃的輕蔑與鄙視，瑛昭光是聽就覺得頭痛。

季先生不是叫你改善一下你的傲慢嗎？你這個性要改很難吧……雖然某方面來看，你講的話也不是沒有道理，但就如季先生所說，確實太嚴苛了啊！

「輕染，如果你打人的頻率太高，我是無法睜一隻眼閉一隻眼的。」

瑛昭嚴肅表達自己的立場，而墨輕染還沒回應，突如其來的敲門聲便吸走了他們的注意力。

「瑛昭大人——不好意思，可以打擾一下嗎？」

「請進。」

開門進來的人是夕生，他臉上充滿了尷尬。

「不好意思，附近警察局的警察來拜訪，似乎是樓下鄰居報的警，說聽到了淒厲的慘叫聲跟求饒聲，懷疑我們正在從事犯法的活動，需要進來搜查一下……能讓他們進來看看嗎？」

「……」

瑛昭幾乎當場石化，墨輕染跟著尷尬了起來，季望初也無話可說。

輕染——！我好好一家正規營業的公司，都被誤會成什麼樣子了！我上任到現在都沒發生過這種事情啊！

「季先生，靈魂已經送走了，我們是不是直接讓警察進來看也不會有事……季先生？」

「噢，恍神了一下。」

聽季望初說自己恍神，瑛昭登時有點緊張。

「怎麼了？你想到什麼不妥之處嗎？」

「不，我只是在想，某人這種能把人從地板踹到半空中再砸落地面的靈魂身手，感覺使力使得很穩，走路到底是怎麼跌倒的？該不會是在裝可憐博取同情吧？」

……都這種時候了，你關注的焦點真是跟人不一樣啊……

*

「是的，那些聲音是演出來的，我們在模擬一個片段，沒有進行任何不法行為。」

「今天有上班的人都在這裡，我們真的沒有打職員，請放心。」

「如果還想進一步確認，也可以查閱電梯的監視器，絕對沒有受害者已經離開之類的事，一切就只是開玩笑動靜鬧得太大，讓鄰居誤會非常不好意思——」

進來調查情況的警察由夕生負責接待，他編造了藉口解釋慘叫聲的來源。由於現場確實沒什麼可疑的地方，稍微看過一圈後，兩位員警便客氣地告辭。

離開之前，他們還好奇地問了一句。

「你們是什麼演藝公司還是網紅公司嗎？職員都好像明星，老闆還這麼帥。」

面對這個問題，夕生打哈哈敷衍帶過，等到送走員警，瑛昭也好奇地問了一句。

「我們部門對外都說是做什麼生意的啊？」

「我們部門嗎？沒有寫具體的業務範圍，對外的介紹是『追逐愛與希望、夢想的地方』。」

……好像在哪聽過類似的介紹，是邪教還是直銷？

「聽起來是很可疑的公司耶，這樣沒有問題嗎？像是今天警察來調查的狀況，要是他們認真查我們公司，說不定就會有麻煩了吧？」

瑛昭憂心忡忡地說出自己的顧慮後，夕生還沒回答，季望初就以嘲諷的語氣開了口。

「瑛昭大人，你還記得自己是個神嗎？面對兩個普通人類，使用法術迷惑他們，難道是很困難的事？」

……

抱歉，我確實忘了……太習慣用人界的規則來處理事情，長期下來，已經忘記自己有神力可以使用……用神力來解決這類事情的確很方便，怎麼就沒想到呢？

「謝謝你提醒我，那麼這個問題解決了，大家回辦公室繼續工作吧。」

瑛昭擠出一絲笑容，決定快速結束這個愚蠢的話題。

季望初跟墨輕染一起回到他的辦公室，關上門後，墨輕染立即針對季望初先前的疑問做出回應。

「季哥，我身體協調不佳，走在路上會跌倒是真的，絕對沒有故意裝可憐。我不只是平地走路會跌倒，也會撞到人，當然我每天都有進步，昨天在公司過夜時只摔了兩次，我想我很快就能適應。」

啊！我都忘了你昨天是在公司過夜！在公司睡得還好嗎？想當初我也曾想住在公司，幸好季先生收留了我……

「你是打算一直住在公司？」

……季先生該不會想多收留一個吧？

季望初問的那句話，讓瑛昭產生了這樣的猜想。

「這是我最好的選擇，畢竟我現在沒有錢，還被罰了薪水。我想我至少要住公司兩個月吧，住這裡總比睡路邊好，好歹不會淋雨。」

最近幾天都是下雨天，瑛昭十分認同墨輕染的話。

「……你要不要跟夕生預支薪水，等領得到薪水的時候再還？」

季望初提出了一個可行方案，卻馬上被墨輕染駁回。

「季哥，我聽說公司每個月付完員工薪水就沒有錢了，現在正是沒有錢的時候，哪來的錢給我預支呢？」

「……那你可以下班後去從事一些能賺錢的工作……」

他說到這裡，墨輕染便眼睛一亮，積極地追問。

「殺人嗎？這裡有沒有地方可以接到殺人的單子？季哥你有管道嗎？」

不！絕對不是這種賺錢方式啊！任務裡面殺人也就算了，現實世界殺人，人可就真的死了，你一個異世界的靈魂跑來這裡殺活人是怎麼回事，會有處罰機制的吧！

「沒有。」

季望初板著臉回話，接著就像是放棄了什麼，以自暴自棄的口吻說了下去。

「如果你今天能成功簽約，完成一個任務，又肯遵守規定的話，我那裡可以暫時收留你。」

此話一出，瑛昭瞪大了眼睛，有點難以置信。

我只是想想而已，結果季先生真的要收留他了？就這麼輕易地決定收留他了？

「我一定盡最大的努力達成你的期望！」

有季望初這句話，墨輕染瞬間幹勁十足，整個人流露出顯而易見的喜悅。

「季先生，如果你要收留他，那他是跟我一起住在一樓嗎？」

瑛昭終究忍不住問了這個問題。儘管他知道自己寄人籬下，沒有資格抗議，但原本一個人居住的空間要是變成兩個人，感覺確實很不自在，也很奇怪。

重點是一樓只有一間房，是要睡同一張床還是其中一個去睡沙發？

在他這麼問之後，季望初就像是看穿了他的所有煩惱一般，準確地針對他顧慮的地方說明。

「你放心，他可以睡閣樓，干擾不到你。而且就算要收留他，也只收留他沒薪水的這陣子，跟你不一樣，等他有薪水了我就會把他趕出去。」

雖然季望初的語氣很不耐煩，但他的話仍讓瑛昭稍感安慰。

呼，至少我是不一樣的，我心裡平衡了點……因為這句話而覺得有點開心是正常的嗎？我有錢以後也不會被趕出去吧？

「那以後早餐跟晚餐就是三個人一起吃？」

瑛昭之所以這麼問，只是好奇季望初是否包住之外也包吃，如果不包的話，他就要繼續幫墨輕染做飯糰。

然而季望初一聽就誤會了。

「你是擔心多一個人會不夠吃？要一起吃的話，我當然會準備三人份的食物，別煩惱這種事情。」

聽見這種話，瑛昭臉孔抽搐之餘，已經不想費勁反駁，反正不管怎麼說都會被誤解。

這下子輕染也要以為我是個貪吃鬼了，我這個錯誤形象永遠沒有洗清的一天，是不是絕食抗議也沒有用？那……就這樣吧……這次我真的要完全放棄抵抗了，反正維持這種形象，除了感覺恥辱以外也沒有什麼壞處，還能一直吃美食，不是完全不能接受……

「季哥跟瑛昭大人住在一起？住在季哥的家？」

看來璉夢先前沒有跟墨輕染說到這件事，因此他現在聽了對話才知道，並顯得相當驚訝。

「怎麼了，我們不能住在一起嗎？」

瑛昭悶悶不樂地反問後，墨輕染斟酌了一下用詞，小心翼翼地開口。

「我只是以為神會跟凡人保持距離，而且瑛昭大人應該像璉夢大人一樣想住哪裡都沒問題，沒想到你們關係親密到同居了……」

不，事情不是你想的那樣，我跟父親大人可不一樣，我是沒錢沒地方住才會住在季先生那裡的！雖然現在住得不錯，不太想搬走，但同居的理由是貧窮，不是感情！你這種說法會讓季先生不高興！

「關係親密到同居……瑛昭大人，你認為呢？你有什麼想解釋的嗎？」

季望初把解釋的機會交給瑛昭，瑛昭先是疑惑，接著才反應過來。

是不是覺得講出真相會讓我沒面子，所以讓我自己選擇要不要說？畢竟誰能想到一個神會過得這麼拮据？幸好神界的人不知道，要是傳回神界，真不曉得父親大人會選擇把知道的人都滅口，還是把丟臉的我逐出家門？

「其實是因為我目前沒有收入，租不起房子，季先生才好心收留我的。我跟父親大人不同，我認為來到人界應該盡量避免使用神力，不太想用神力影響這些正常生活的人類，部門目前的收入又很低，所以才會變成這樣。」

雖然說出真相很羞恥，但瑛昭沒有說謊的習慣，因此幾經思量後，他仍清楚解釋了整個狀況。

「原來如此，我還以為您跟季哥……瑛昭大人的想法真特別，明明出身高貴卻這麼想貼近平民，讓我回想起了那個沒有緣分的哥哥，真是令人懷念。」

墨輕染一面說一面露出恍惚的神情，季望初則毫不客氣地一掌巴了他的後腦。

「那個沒有緣分的哥哥才是你真正的哥哥！別再到處亂認哥了！」

這一掌讓墨輕染身形不穩了一下，而他只哀怨地看了季望初一眼，沒有答應，也沒有反駁。

「你這個眼神是什麼意思？不認同？不是說我講的話你都聽嗎？」

「我有在聽。」

墨輕染悶悶地回了一句。從表情看來，他是不認同的，但他沒直接反應出來，十分給季望初面子。

他表現得這麼明顯，季望初自然也看得出端倪。或許是覺得此時逼問下去沒有意義，季望初決定停止這個話題。

「召喚下一個靈魂吧，未必要從異世界召喚，本世界也可以，就看你下班之前有沒有本事完成一個任務了。」

「沒問題，我這就開始。」

墨輕染按照程序再次進行召喚，這次他召喚出一個老人，一出現就開始哭泣。

「歡迎來到第十九號部門，我是執行員墨輕染。告訴我你想要什麼，我會評估你的願望能不能被達成。」

他照慣例說了開場白，老人則在聽完之後，當場號哭。

『我這輩子老老實實工作，好不容易再婚之後老年得子，還連續生了兩個，結果我拚著延後退休養大兩個兒子，他們卻辜負我的期望，我這是造了什麼孽啊——我這樣怎麼有臉見祖宗——』

「辜負你的期望，指的是什麼事情呢？」

墨輕染學乖了，曉得要先問清楚前因後果。

在他發問之後，老人咬牙切齒，露出了恨鐵不成鋼的表情。

『他們一個堅持單身不結婚，一個說自己只喜歡男人！我只是想抱個孫子，明明我有兩個兒子啊！傳宗接代為什麼這麼難呢！』

……

瑛昭覺得這又是個不可理喻的委託者，他也不禁感嘆，墨輕染召喚靈魂的運氣……似乎比一般執行員還差一點啊。

聽完老人的陳述，都還沒等老人說出自己的心願，墨輕染就轉向季望初，一臉平淡地開口詢問。

「季哥，這個我可以現在退貨，直接召喚下一個嗎？我覺得我幫不了他。」

而在季望初回答之前，老人便生氣地插嘴。

『我都還沒說出我的心願，你就覺得自己幫不了我？現在的年輕人是怎麼樣，到底有沒有好好工作的心？如此沉不住氣，做什麼都不會成功的！』

經過這陣子的旁觀，瑛昭發現老人家動不動就會講出類似的話，特別是在執行員讓他們不滿意的時候。

也有一些老人不會將話說出口，只是默默搖頭。他實在很好奇，在他們眼中，這裡的執行員真的有那麼糟糕嗎？

「我確實急了點，因為我覺得你很快就要提出想抱孫之類的願望了。難道你的願望不是這個嗎？」

被他這麼一問，老人一時語塞，好半晌才略微惱羞地回嘴。

『**我就是想抱孫啊！怎麼了嗎？這個願望並不過分吧？大多數人都能有孫子，為什麼我不能？**』

「你的兒子一個想維持單身，一個是同性戀，在這些前提下，你的願望就不能叫做『並不過分』。如果我接下這個委託，你是要我去給你二兒子下藥，還是要我當媒婆硬是給你大兒子找個願意生孩子的女人，逼他跟對方上床？又或者你要我設法幫你再生一個肯娶妻生子的兒子，撫養他長大，幫他追求女人，最後生出來的還必須是孫子，不能是孫女？」

他這連珠砲般的一陣搶白，讓老人的臉色越來越難看。

『**胡說八道！我只是希望他們可以跟正常人一樣，正常男人就是要娶妻生子才幸福美滿，我也是擔心他們，你怎麼能講得這麼不堪入耳！**』

「剛剛不是才哭著說沒臉見祖宗嗎？明明是為了讓自己心裡舒服，怎麼又變成為他們好了？像你這種口口聲聲為了兒子好，實際上是為自己好的父親，還真是不少見。」

墨輕染冷笑著譏諷對方，老人還想繼續跟他爭執，但這個時候，季望初果斷介入，直接將老人送回了靈界。

「你不是想好好完成任務嗎？說了會改正脾氣，結果又跟委託者吵起來？而且還是跟你不想簽約的委託者吵，不覺得浪費時間嗎？」

他的質問讓墨輕染露出了羞愧的表情。

「抱歉，季哥，我一時沒忍住。」

見他露出這種表情，季望初嘆了口氣，語氣也多出幾分無奈。

「想起你父親了？」

「……只想到一下子。我知道他們差很多，甚至可以說完全不一樣，就只是有那麼一瞬間聯想到。」

墨輕染那個父親，說是絕世爛父親也不為過，看過任務過程的瑛昭深深這麼認為。

雖然父親大人性情古怪，有時候又很難溝通，但是跟輕染他父親比起來，瞬間就可以說是個好爸爸了。剛剛那個靈魂，也只是人界的普通父親吧，可能思想頑固了點，但應該稱不上壞人吧？

「在你的世界線裡，你父親後來的下場如何？」

季望初似乎不認為這是個禁忌話題，就這麼無預警地問了出來，態度普通得像是在問今天天氣如何。

「……我父親……」

墨輕染開口說了幾個字後，像是陷入了回憶中，徹底安靜下來。

這似乎是個讀心的好時機，但瑛昭有點猶豫。

以輕染的個性，他父親恐怕不會有什麼好下場，所以我現在讀心，多半會讀到一些血腥暴力的東西吧？反正也不是什麼一定要知道的事，我就不讀了，以免又受到衝擊……

又過幾秒後，墨輕染似乎整理好了情緒，幽幽說了下去。

「我親自收拾了他，細節就不提了，說出來只是汙染大家的耳朵。總之，他說他最悔恨的事情就是沒在看到我雙眼時直接捏死我，不祥的妖物果然只會帶來不幸，就算披上了人皮，做出來的也都是妖魔才會做的事。」

雖然不清楚墨輕染與他父親後來發生什麼事，但一個父親對自己親生兒子說出這種話，也是非常狠毒了。

瑛昭聽他說完之後不知該如何反應比較好，季望初則雲淡風輕地回了一句。

「關眼睛什麼事啊？他的言語攻擊真廢，一點用也沒有，只會讓自己看起來像是個弱智。」

此話一出，墨輕染先是呆了呆，接著便重新露出笑容。

「哥真會安慰人。」

「你又叫錯了！誰是你哥！如果我是你哥的話，你爸不也是我爸了嗎？那麼爛又沒人性的爸爸，麻煩你不要一直推銷給我！」

季望初跟之前一樣激烈反彈，墨輕染也依舊不肯死心。

「我知道我父親很爛，誰都不想接收，但……異父異母的哥哥不行嗎？」

「……異父異母算什麼哥哥？讓你喊季哥你就喊，別得寸進尺！」

認哥哥再次失敗後，墨輕染苦著臉繞回了前面的話題。

「我會盡量不把私人情緒帶入工作中，盡量客觀地看待委託者。不過季哥，剛剛那個任務你也覺得不該接，對不對？我分析得有沒有道理？」

話題回到工作上，季望初便以專業的角度評論了一下。

「你的分析沒什麼問題。這種願望處理起來確實麻煩又討厭，還要做一堆讓自己不舒服的事。一般來說，我會建議委託者自己努力想開，畢竟在虛擬世界抱孫子也沒有傳宗接代的效果。」

聽他認同自己，墨輕染微微一笑，又說了幾句。

「我倒是覺得他兒子做得挺好的，腦袋這麼僵化的基因，沒有傳承下去的必要吧？」

「這句話就有點偏激了，有沒有傳承下去的必要不是你來決定的，別擅自對別人下太多評論，那其實都是與你無關的事。」

「好的，謹遵季哥的教誨。那麼，我繼續召喚下一個靈魂。」

接下來，墨輕染陸陸續續又召喚了三個靈魂，但就是這麼巧，三個靈魂的願望都讓人覺得一言難盡，通通被送回靈界，此時季望初跟瑛昭看墨輕染的眼神也變得有點異樣。

「輕染，你這運氣……好像不是普通糟糕啊。」

平時季望初工作的時候，也會遇到一些人品不佳或願望太難搞的靈魂，但瑛昭從沒看過如此離譜的命中率。

「讓您見笑了，我從小到大運氣確實都不怎麼樣，如果父親在這裡，大概又會說是異色瞳帶來的不幸吧。」

墨輕染笑笑地這麼說，看似不在意，但語氣中還是帶了點苦澀。

畢竟今天能不能成功完成任務，可是關乎他能否住進季望初家。

「我也真沒看過上工之前需要先改運的……瑛昭大人，以神的立場，是怎麼看待運氣的？拜神有用嗎？」

被問到這個問題，瑛昭皺起眉頭，按照自己的認知做了回答。

「運氣是一種很難捉摸的東西，要說拜神有沒有用……只要神肯理你，那當然有用，但也要看是什麼樣的事情。這方面我比較沒有研究，讓父親大人來處理，可能比較適合，但他不知道又去哪了。」

「沒關係，反正還有一段時間才下班，我可以繼續努力，只是浪費您的神力很不好意思就是了。」

「噢，神力的部分你不用掛心，對我來說都是小意思，你就算再失敗一千次也無所謂。」

「瑛昭大人別烏鴉嘴。你繼續吧。」

大家都覺得不可能這麼倒楣，但又經歷四個靈魂後，他們就不這麼想了。

「瑛昭大人，季哥，我的執行員生涯是不是只會有那些莫名其妙的委託者？不然下一個召喚上來的，我就照單全收，不拒絕了？」

墨輕染鬱悶地這麼說，瑛昭沉思著想弄清楚事情是怎麼回事，季望初則提出了另一個解決辦法。

「下一個我來召喚，你來洽談，我就不信遇不到正常一點的靈魂！」

於是，季望初動手召喚，墨輕染則靜靜等待。為了避免情況太複雜，季望初選擇召喚本世界的靈魂，這次召喚出的是一名年輕男子。

「歡迎來到第十九號部門，我是執行員墨輕染。告訴我你想要什麼，我會評估你的願望能不能被達成。」

說好召喚出來後就換手，因此靈魂現身後，便由墨輕染負責開口招呼。

男子花了點時間來消化他的話，接著略帶緊張地抓了抓頭。

『**什、什麼願望都可以嗎？**』

有了先前的經驗，墨輕染當然不會點頭。

「你可以先說說看，我們會評估願望的可行性。或者，你也可以先說一說你的生平，增進我們對你的了解。」

前面那些亂七八糟的委託者，常常生平都還沒講完，就已經給人一種很不妙的感覺。這段自述的過程有助於他們評估委託者的價值觀，如今的墨輕染已經能認可這個流程，並耐心聆聽。

『噢……我叫做王子銘，是個普通的工人。我應該是過勞死的，我的生平也沒什麼特別值得一提的事。如果重來一次，一切可能會有所不同吧？但我也沒這個機會了。』

從他目前的態度看來，似乎是個正常的普通人。

這次換人召喚，到底能不能改運呢？瑛昭十分好奇。

墨輕染察覺了男子的惆悵與灰心，於是問了一個問題。

「你想要的是真正的重來一次，不是模擬出來的結果，是嗎？」

『是啊。模擬出來的結果對我沒什麼意義，要是人生能回到過去重來——』

說到這裡，男子停頓了幾秒，才語帶疲憊地說下去。

『當我沒說吧。就算可以，我也不想，我已經好累了，不想再繼續努力。我早就認清自己的平庸，即便再給我一次機會，我也沒辦法做得多好，只是得重新辛苦一次而已。』

那股從靈魂深處透出來的疲倦感，瑛昭感受到了。

雖然我們無法提供真正的人生重來機會，不過，他的意思是即使有這種機會也不想要？為什麼啊？這麼不相信自己的能力嗎？如果有這種機會，神界的人可是會搶破頭的，回到過去能把握的東西太多了，每個人總有一些悔恨的事情是回到過去就能扭轉的吧？

聽完男子那番話後，墨輕染看似有點困擾，他與男子對視一會兒後，便轉向季望初求助。

「季哥，他看起來不想許願，我們是不是只能送他回去？」

他的話讓季望初白了他一眼，一臉嫌棄。

「不想許願就誘導他許願啊！還要我教嗎？自己找切入點！」

季望初的意思是要他繼續，於是墨輕染沉思了一下，很快就繼續詢問。

「無論如何，你總是有些遺憾，才會導致你不願意去轉世吧？能不能說說你滯留靈界的理由？」

他問話結束後，季望初看他的眼神多了幾分讚許，看樣子是覺得他找對了方向。

『就是……對自己一事無成的人生，多少有些不甘願，也難以釋懷吧。就算轉世

投胎，同樣沒有把握自己下輩子能活得更好，那麼轉世又有什麼意義呢？』

靈魂的態度消極又悲觀，瑛昭聽了不禁皺眉。

這算是缺乏動力嗎？人活著的時候好像很容易有心理疾病，進而影響精神，所以這種狀況會延續到死後？不知是什麼原理，真是神奇。

「既然難以釋懷，就是有些事情，你希望能夠改變吧？有沒有什麼你心裡渴望過，卻做不到的事？說出來，說不定我可以為你實現。」

墨輕染繼續誘導，在瑛昭看來，只要墨輕染不擺出那副瞧不起人的面孔，誘導人的口才還是不錯的。

『心裡渴望過，卻做不到的事情嗎？』

男子思考了一會兒，接著以不確定的口吻開口。

『成為世界上最有錢的人？成為世界上最受歡迎的人？學會魔法，覺醒超能力？』

這種與現實生活嚴重脫節，虛無縹緲的願望，讓旁聽的季望初眼角抽動。墨輕染則在這個時候轉向季望初尋求意見。

「覺醒超能力的話，我好像可以幫他完成耶？我可以用這個方向來跟他談合約嗎？」

「你想談就談啊。」

季望初黑著臉回應，看得出來他並不支持，但又找不出明確的反對理由。

「那麼，王子銘，你願意用覺醒超能力當條件來跟我簽約嗎？」

聽他這麼問，男子目中又流露出幾分迷茫。

『覺醒以後……總要做點什麼吧？但我也想像不出到底想看到什麼……所以還是不要吧。』

以墨輕染原本的個性，應該聽到這裡就沒耐心了。不過，考慮到這是召喚出來的靈魂中比較正常的一個，他決定再努力看看。

「如果你希望想像得出畫面，就必須往貼近生活的方向想。要不要再想想看，有沒有什麼你想看到的東西，或是希望發生在自己身上的事情？」

或許是因為很久沒有認真想過事情，男子沉默了好一陣子才出聲回答。

『如果是比較簡單單純的……大概就是想考第一名，考上第一志願，看見我媽欣慰的笑容吧。我小學的時候成績還是不錯的，我媽老是念我長大之後就不好好讀書，才會越考越差……要是我拿著一百分的考卷回家，不曉得她會是什麼表情？』

這確實是個簡單單純的願望。唯一的問題是，不曉得進入任務後，會被傳到哪一個時間點。

「這個任務可以執行啊，輕染，對你來說應該不難吧？」

季望初拍了拍墨輕染的肩膀。比起覺醒超能力之類的任務內容，他顯然更想讓墨輕染接下現在這個願望。

「季哥，他沒有特別悔恨的時間點，萬一被傳到小時候——」

「噢，傳到嬰兒時期也沒關係吧，你可以從小開始當個認真讀書的乖兒子，只是時間長了點，最終還是能完成任務的。」

「……為什麼季哥你看起來好像很期待的樣子？」

墨輕染艱難地從口中擠出這個問題。季望初似乎很想看戲，就連瑛昭也這麼覺得。

倘若不幸從嬰兒時代開始，那……真的是很漫長的任務耶。我們這邊還可以跳過不看，輕染那邊可是得紮紮實實度過每分每秒，簡直跟重新投胎差不多了。不曉得季先生過去有沒有接過這種長期任務？他會認命做完嗎？還是直接放棄呢？

「我覺得你現在就需要接這種任務，去體驗一下普通人的生活。做為你的第一個任務，這十分適合，只要他肯跟你簽約。」

季望初都這麼說了，墨輕染便乖乖開始跟男子談合約細節。

「說說詳細條件吧，考一次第一名就可以了嗎？還是一定要拿一百分的考卷給你母親看？」

『如果可以的話，當然是都要啊，還有考上第一志願，這個也很重要。』

一番交涉後，最終合約的條件訂為「高中拿過一次班上第一名、考過一次一百分、考上最高分的大學系所，並將以上成績都報告給母親知道」。確認完畢後，男子在合約上簽下自己的名字，季望初則再次拍了墨輕染的肩膀。

「輕染，你這麼聰明，我相信你一定很會讀書。雖然醫學系對大多數人來說很難考，但是你的話，絕對沒問題。我對你有信心，即使被傳到高三，只剩下一個月能讀書，你也肯定能考上！」

「……季哥對我這麼有信心，我好感動，我會努力的，希望我能不辜負你的信賴。」

墨輕染說話的語氣很無奈。

「就算考不上，也可以重考，再多給你一年就沒有失敗的理由了吧。合約已經簽好，接下來，我們先看記憶。」

於是，墨輕染按照季望初說的操作，王子銘的記憶便在他們眼前展現了出來。

＊

王子銘出生在一個普通的家庭，爸爸是工人，母親是家庭主婦。小時候生活還過得去，一家人在父親買的小公寓裡生活，逢年過節能吃大餐，有時父母也會給他買些零食玩具，雖然不算過得特別好，但對王子銘來說，至少算是無憂無慮。

平淡的生活是在他小學時改變的。父親在工地出了意外全身癱瘓，加上一些併發症，導致他必須長期住院。家裡瞬間失去經濟支柱，一陣兵荒馬亂後，年幼的王子銘只知道，家裡再也看不見父親的身影，母親變得早出晚歸，他想要的東西不能買，他想要的陪伴也得不到，彷彿一夕之間變成孤兒，還不能吵不能鬧，否則就是不懂事。

身為被寵著長大的獨生子，王子銘一時之間實在無法習慣這樣的轉變。因為不清楚父親的狀況，起初他極為抗拒，吵著要見爸爸、要媽媽陪自己出去玩，發現吵也沒用之後，就開始叛逆地做一些惹人生氣的事，試圖引起母親的注意。

像是故意在家裡玩火，或者去文具店偷東西之類的——母親因而動怒，拿藤條打了他幾次，後來則像是已經心有餘而力不足，教訓他的語氣依舊嚴厲，藤條打在他身上的力道卻漸漸輕了。

是因為母親已經對他失望，還是母親已經疲憊到管不了他呢？

王子銘升上國中後，仍我行我素地做一些小偷小摸的事情，只有在被訓導主任逮到，母親收到通知來學校道歉時，他才能找回母親還在乎自己的感覺。一起吃飯時，母親越來越沉默寡言，只會重複叫他好好讀書，而他完全聽不進去。

心思全不在讀書上的他，考上了吊車尾的高中，跟一群同樣不愛讀書的同學混在一起，成天不是翹課抽菸就是去網咖，是老師眼中的問題學生。他對自己的人生沒有任何想法，也懶得去想未來的事情，他甚至不想考大學，因為以他的成績，考了也上不了什麼好學校，還不如去做自己喜歡的事。

只是，還沒等他搞懂自己喜歡做的事是什麼，長年勞累的母親就倒下了。

也是在慌忙接管家裡各種事務後，他才知道母親口中去外地工作的父親，實際上以植物人狀態躺在醫院，一躺就是八年，而家裡的財務狀況也岌岌可危。

當初工地出意外後，建設公司宣告破產，賠償金只支付了一小部分就沒有下文。

母親不肯放棄父親，到處借錢想方設法籌出醫療費，這些年儘管努力打零工，也償還不了多少，現在需要住院的人多一個，對他們家來說，完全是雪上加霜的狀況。

從未想過的家庭現況讓王子銘措手不及。他在醫院見到了躺在床上，八年不見的父親，多年來淡化的思念瞬間湧出，而父親早已不是記憶中健壯的模樣。他站在父親的病床前流淚，悔恨的情緒幾乎淹沒他整個人，也使他意識到自己不能再繼續當混吃等死的小孩，他肩上背負著父母的生命。

極度缺錢的情況下，他所能想到的就是把房子賣掉，緩解經濟壓力，但母親處在昏迷狀態，他不僅不知道房子的相關文件在哪，還是個未成年人，根本辦不了這件事。自尊心高、死要面子的他也不肯求助他人，最後他決定輟學去工作，先設法度過眼前的難關再說。

以王子銘當下的條件，能找的工作不多，長這麼大，他還是第一次體會到吃苦的感覺。好不容易等到母親甦醒，他跟母親沒說兩句話，卻又起了爭執。

賣房子的事，母親不同意。對母親來說那是她一直努力保住的念想，王子銘則認為母親太過固執，搞不清楚什麼才是真正重要的事。

他輟學打工的事，母親聽聞之後臉色劇變，十分反彈，顯然完全無法接受，他則委屈地覺得自己明明是為了父母，如果不這麼做，要去哪裡生出錢來？

母親長年的隱瞞，讓他得知真相後，愧疚之餘也忍不住心生怨懟，他開口抱怨，說自己兒時總以為已經被父親拋棄，母親則說是為了他好，他們之間的交談沒有共識，鬧得不歡而散。

然而，有一點是他內心很確定的。如同母親不想放棄父親，他也不想放棄父母。他覺得自己對不起母親，面對母親時卻說不出道歉的話語，這種愧疚感使他更加堅定工作還債的心，即便母親不喜歡他的決定。

幾次爭執過後，他索性搬了出去，變成固定匯款寫信回家，並委託鄰居幫忙照看母親的狀況。

於是一晃眼，好多年又過去了。

他輾轉做了很多工作，最後跟父親一樣，當了工地工人，因為這是他能找到的工作中薪水最高也最穩定的。除此之外，下班時間他還做其他兼職，只為了能盡可能多賺一點錢。

不斷工作，是他用來抵銷愧疚感的方法。每天的時間扣除工作後，他累到只能睡覺，其他事情都沒有精力去思索，日子一天過一天，直到他因為加班而過勞猝死，結束了他短暫的一生。

看完王子銘的記憶，瑛昭的心情十分複雜。

這應該算是一個家逢巨變的普通人一生？我總覺得其中有些地方是可以改變的，有時候轉個念頭，或許就不用過得那麼累，只是當事者可能想不到或者覺得自己辦不到吧。他跟他母親似乎都是很固執、很倔強的人，恐怕是別人怎麼勸都沒用……

「為什麼你會覺得重來一次，你也無法做得更好？」

看完記憶後，墨輕染皺著眉看向王子銘，詢問了一句。

『很多事情都是重來也不會改變的啊。父親那邊就是得一直花錢，就算知道他多半醒不過來，母親跟我還是一樣不會放棄父親，我終究還是得背負這一切，人生依舊只是在賺錢還債養家，就算重來一次，能從十分累變成八分累，那也一樣很累啊……』

王子銘一面說一面嘆息，那股深深的疲倦感依舊環繞著他。

見狀，墨輕染沒再問說什麼。

「我已經收到所有記憶，季哥，那麼我出發了？」

聞言，季望初點了點頭，墨輕染便啟動執行員資格，將自身投入虛擬世界中。

進入虛擬世界時，究竟會是哪個時間點，墨輕染心中有過猜測，但他的猜測沒有命中。

*

在他成功化身為虛擬世界中的王子銘時，他正身處自己的臥室中。他手上拿著手機，編輯好的訊息尚未送出，墨輕染定睛一看，上面只簡短寫著「好，待會見」，再回頭看先前的訊息，似乎是他的狐朋狗友們約他晚上去唱歌，他正準備答應。

唱歌？這會構成什麼悔恨嗎？

墨輕染知道，自己之所以被傳送到這個時間點，一定是有理由的。因為這是本世界的任務，時間點一定與悔恨相關，儘管這才是他第一次做任務，但相關的規則他記得很清楚。

他看了一下今天的日期，距離大考還有一個月。季望初的烏鴉嘴居然成真了，這讓他神情呆滯了兩秒，接著無奈地笑了笑。

與季望初不同，他沒有過目不忘的能力。查閱記憶時，很多段落都只是粗略看過，因此他不太確定今天發生了什麼事，但他可以用邏輯來分析。

人類會因為什麼事情而悔恨？

做了不該做的事，又或者，該做的事沒有做。

從目前的狀況看來，王子銘顯然答應了要跟朋友們一起去唱歌。在王子銘的思緒中，這些朋友的存在感不強，他在乎的一直是家人，那麼先拒絕這個邀約，就改變了命運的軌跡，應該也不會錯過什麼重要的事情，接下來看狀況決定如何行動就好。

於是，墨輕染傳訊息回絕了朋友，然後開始研究房間裡有什麼東西。

他先翻看王子銘的書包，裡面幾乎沒有任何與課業相關的東西，反倒是裝了不少違反校規的物品。他在床底跟房間角落找到幾疊生了灰塵，碰都沒碰過的參考書，課本應該是放在學校，但高一高二的部分多半找不到了。

只依靠這些教材想在一個月內讀書讀上第一志願，墨輕染只能說：痴人說夢。

依照他對這個世界的了解，網路上應該有不少資源可供學習使用，但他們家裡窮，沒有買電腦，他如果想上網只能用手機，或者花錢去網咖。

眼下到底該先讀書還是先賺錢，墨輕染瞬間有點糾結。

大致調查過房內物品後，他出了臥室，打算看看家裡的狀況。

童年的經歷，使他十分懂得察言觀色，也很懂得如何從環境中的各種東西來判斷出可用訊息。後來他不看人臉色說話，也只是因為有了實力不想繼續委屈自己而已。

母親現在不在家，正好方便他四處查看。為了增進對這個家的了解，他連母親的房間都直接闖進去調查，反正對他來說最重要的是完成任務，會不會侵犯隱私什麼的，不在他的考慮範圍內。

以墨輕染的角度來看，賣掉房子絕對是當前最好的選擇。他只需要待到合約上的條件都完成的那一刻，再不濟也就是一年又一個月的事，如果有了賣房子的錢，他讀書就沒有後顧之憂，各種需要購買的輔助教材也能輕鬆入手。

至於錢用光以後這個家要怎麼辦，那當然不關他的事情。

或者該說，在那之前任務應該就已經結束，虛擬世界也會隨之關閉，所以他一點都不需要擔心。

他在母親房間裡找到了存摺，也看見母親那些多年來沒更新過，舊到褪色起毛球的衣服。母親房間裡的生活用品幾乎都是舊的，這些年來她似乎沒為自己添購過什麼東西，相比之下，王子銘的房間倒是有一些新衣新鞋，也有一點小錢能跟同學出去吃喝玩樂。

王子銘並沒有出去打工，吃喝玩樂的錢自然是母親給的。他查看過自己的錢包，裡面還有五百元，但母親的存摺裡只剩下六千多元，也不知是有現金還沒存進去，又或者母親真的在經濟如此困頓的情況下，依然省吃儉用給他零用錢。

除了這些東西，母親放在床頭的全家福相框也吸引了他的注意力。

那是父親還健康時，他們一起在遊樂園門口拍的照片。照片中三個人都笑得很開心，溫馨幸福的感覺是現在這個家所沒有的。

瑛昭的辦公室內，王子銘看著螢幕上的照片，不禁紅了眼眶。

他什麼都沒說，虛擬世界中的墨輕染則忽然放下相框，快速衝出去，關上房門。在他做完這一切後，鑰匙轉動的聲音響起，原來是母親回來了。

雖然不知道墨輕染的能力能不能在虛擬世界中使用，但他的五感知覺看來是遠超常人的，否則也無法察覺大門口的動靜。

今天是週日，母親的工作假日能拿比較高的工資，所以她通常會忙到很晚才回家。墨輕染看了看時間，現在才五點，於是他斟酌後決定在喊人時問上一句。

「媽，今天怎麼這麼早回來？」

這是他第一次執行任務，不過要喊一個陌生女人媽媽，對墨輕染來說並沒有什麼心理障礙。畢竟他的親生母親沒給他留下多少印象，自然也不會讓他產生依戀之類的情感。

「今天是你爸的生日，雖然他不在家，但我們還是該慶祝一下。我買了半隻雞，待會給你燉湯，補一補。」

儘管這個時間點，他們母子之間的關係稱不上和睦，不過母親看向他時，憔悴的臉上仍浮現出一絲笑意，說話的語氣也很溫柔。

墨輕染愣了愣，心中湧現一股說不上來的感覺。

人在說話時的情感，是裝出來的還是真心實意，對墨輕染來說很好分辨。只要對方不具備連自身都能欺騙的演技，情緒的真假就是顯而易見的，通過眼神、細微的表情，都很容易分析。

比如說他那個人渣父親，眼裡的笑意就時常是假的，跟在父親身邊那幾年，他從未看到父親展現出一點正向的真情。所以他對父親一直都滿心防備，無論父親嘴裡說得有多重視他，他都保持懷疑。

如果一個人無法分辨出別人說話的真實性，那他會對所有人都抱持強大的戒心，無法相信任何人。但墨輕染能夠分辨，因此，面對真心時，他總是不知道該如何反應。

從王子銘母親看著他的神情與說話的語氣，他都能清楚地感受到關懷的情感。這種關懷是他生命中極為缺乏的，他只在兩個人身上看到過，一個是墨輕玄，一個則是假扮成墨輕玄的季望初。

由於缺乏，所以沒什麼經驗，也就不太擅長應對。

「子銘，你怎麼不說話？難道你又要出門，不在家吃晚飯？」

此時，母親的問話多了一點不悅，也讓墨輕染從恍惚中回神，想起自己現在的身分。

他現在是王子銘，眼前的人是他的親生母親。母親關心孩子的行為十分正常，在一般家庭中這種親情普遍且常見，通常都是沒有目的、出於本心，他不需要想太多，也不需要不自在，只要泰然自若地接受就好。

「我沒要出門，今天會留在家裡吃飯。」

墨輕染一面回答，一面思索自己該怎麼當個正常的兒子。

畢竟，他從來沒當過。

普通人家的兒子是怎麼跟母親相處的？母親剛回家，說自己買了食材要準備煮飯，這種時候該做什麼？回房間等待，還是去廚房幫忙？

他忽然很慶幸王子銘跟母親的關係不算親暱。假如他們是關係親密、無話不談的那種母子，他恐怕一下子就會露餡。

也是在這個時候，他忽然意識到，對普通人來說很簡單的任務，在他這裡可能有點難。這個任務乍看之下難的地方是讀書，但實際上，家庭關係與經濟都得顧及。

剛進入虛擬世界時，他就已經悄悄測試過，確認了自己的能力能用。即便無法發揮出百分之百的力量，使用起來會有不少限制，但只要能夠使用，很多事情就會多出其他選擇。

例如賣房子的事，要是他無法說服母親，他也能用其他方式搞到錢。不過，為了讓季望初認可自己，他還是想先試試看迂迴的普通方法，失敗之後才會考慮動用能力。

聽他說要留在家裡吃飯，母親明顯鬆了一口氣，態度也和緩下來。

「那就好，幫我把東西拿去廚房，等煮好了我再喊你吃飯。」

墨輕染老老實實地照做，幫忙將食材提去廚房，接著便回到自己房間，開始思索原本的世界線劇情走向。

原本的世界線裡，王子銘答應了朋友的邀約，但時間還沒到，他不會那麼早出門。也就是說，他一樣會與提早回家的母親碰面，得知母親想為父親慶生。

以王子銘叛逆的心理，他鐵定會堅持外出，很可能因此跟母親爆發衝突。母親沒有能力攔住他，他也不會妥協，最後就是他滿腹怨氣地去跟朋友唱歌，母親則一個人待在家中……然後呢？

墨輕染想像不出後面會有什麼樣的發展。他極度缺乏這種普通至極的經驗，什麼高中生的叛逆，什麼母子口角，什麼冷戰，什麼和好，這些經歷他通通都沒有，他身邊也看不到。

就在他糾結為什麼自己會被傳送回到這天時，瑛昭的聲音忽然在他腦中響起。

『輕染，聽得到嗎？剛才忘了教你怎麼使用任務中的傳訊功能，我先教你，這樣你就能傳訊息給我。』

瑛昭說著，口頭上教導了他傳訊的方式，墨輕染一點就通，馬上就習得這個新技能。

『瑛昭大人，我學會了，您特地傳訊息來教我，是覺得我任務中會用到嗎？例如遇到問題可以即時請教您？』

『噢，不是的，是季先生要我傳訊給你，他說你現在不是什麼貴族家的小少爺，待在房間裡等吃飯是什麼意思？快點去廚房幫忙，那是你媽，可不是你家女僕。』

『……我知道了，真是不好意思，我現在就去。』

『輕染，剛剛那是季先生的原話，我只是重複一次而已，沒有責備你的意思，你可別誤會。』

『您放心，我猜得出來，謝謝季哥用如此親切的口吻教育我，我一定好好做任務，認真當個好兒子。』

『……這句話我就不幫你轉達了，加油。』

結束與瑛昭的傳訊後，墨輕染二話不說就站起來直奔廚房，開門的氣勢甚至嚇到了母親。而在母親詢問來意之前，他以相當慎重的態度先開了口。

「媽，我來幫忙，有什麼我能做的？」

話剛說出口，瑛昭的聲音便再度響起。

『季先生說，進個廚房門不要搞得跟生死決鬥一樣，到底是來幫忙還是來尋仇的？』

『好的，我會改進，請季哥多多指教。』

墨輕染敷衍地應聲後，母親也答話了。

「嚇死我了，還以為你突然跑來廚房做什麼，是不是要跟你媽打架，原來不是啊……」

「……」

連母親都這麼認為，墨輕染不得不調整一下自己的認知，試著改變態度。

「就只是開門用力了點……我怎麼可能跟您打架呢？」

此話一出，母親的神情又變得古怪起來。

「居然連敬稱都用了？你該不會闖了什麼大禍，需要賠錢吧？」

王子銘平時怎麼跟母親說話，墨輕染看記憶的時候沒有特別留意。現在看來，恐怕不太禮貌。

「媽，您怎麼會這樣想？我又不是成天只會闖禍。我今天待在家裡想了很久，已經決定改過自新當個好學生，本來朋友約我晚上去唱歌，我也沒去。」

他想先取得母親的信任，但似乎沒有那麼容易。

「你要改過自新當好學生？」

母親看向他的眼神充滿懷疑。

「你最近的考試都考什麼分數？考卷拿來我看看。」

墨輕染翻過書包，也看過考卷，上面慘不忍睹的分數自然是無法秀給母親看的。

「我今天才想通，當然是今天才要開始好好讀書，之前考的不算數啦。」

對於他的說法，母親顯然不買帳。

「距離大考只剩下一個月了，你今天才要開始好好讀書？」

墨輕染不怪母親不相信他。換作是他，聽到這種說法，應該也會滿臉不屑地反嗆。

但他就是被傳到這個時間點，沒有辦法，只能盡力去做。

「總比都不讀好吧，您對我就這麼沒信心？我難得想讀書了，您要這樣打擊我的熱情嗎？」

在他這麼說之後，母親總算沒再繼續質疑。

「那你就加油吧，我等著看你拿出成績。你在廚房也幫不上什麼忙，還不如現在就回房間讀書。」

「我怎麼會幫不上忙呢？」

因為季望初要他來廚房幫忙，所以他無論如何都不願意直接回去。看了看現場的食材後，他甚至替自己找好了工作。

「我可以幫忙切菜、切肉啊，切什麼都可以。」

「你會切菜切肉？你從來沒下過廚吧？」

「學校裡學的，我解剖跟切肉的技術可是連老師都稱讚。」

墨輕染面不改色地說謊，母親則好奇地問了一句。

「真的嗎？你切過雞肉？」

「切過啊。」

事實上，他唯一切過的肉是人肉，這麼驚悚的話他當然不會說出來。

「好吧，那雞肉就交給你，幫我切塊，我先去上個廁所。」

「沒問題。」

對墨輕染來說，母親不在場，他更方便工作。於是，他隨便拿了一把刀，用了點巧勁，便在幾秒內將那半隻雞大卸八塊，並整整齊齊地擺在砧板上，等母親回來驗收。

瑛昭的聲音則又一次傳來。

『輕染，季先生說你用的是水果刀，他叫你快點用清潔劑洗乾淨擦乾，不然你媽看到會生氣。』

從沒做過家事的墨輕染小少爺聽了以後非常困惑。

『刀不就是刀，有分那麼多嗎？』

『他很激動地說切生食跟切水果的不能混用，有細菌什麼的，我想你再不洗的話，不只是你媽會生氣，季先生也會生氣。』

『我現在馬上洗。』

他的思路很簡單，對錯不重要，反正不管怎麼樣都不要讓季望初生氣就對了。

「咦，這麼快就切好了？還真的有兩下子？」

上完廁所回來的母親檢驗完他的工作成果後，一臉不可思議，並欣慰地看向他。

「要是你真不愛讀書，說不定可以去找廚房相關的工作，媽媽對你也沒太多要求，有一技之長，餓不死自己就好。」

不，我只能考上第一志願。您沒要求，但委託者有要求。墨輕染在心裡這麼說。

「媽，還有什麼東西需要切嗎？都交給我吧。」

經過思考，他沒有接母親的話。此時說什麼都還早，要證明自己真心想讀書，也得有些實績再說。

由於墨輕染不擅長家庭話題，他自認跟王子銘的母親沒什麼好聊的，恐怕越聊破綻越多，所以幫忙切完食材後，他就回自己房間，打算在開飯前先了解一下自己需要念的科目。

他利用手機查詢了第一志願需要考哪些科目，然後在網路上查詢這些科目分別都包含哪些內容。看完大綱，他稍微放心了點，至少有些科目他學過一些，有點概念，不算完全從零開始。

班級群組內有明天小考科目的資訊，他打算先用小考來測試自己臨時抱佛腳的水準，順便看看能不能解掉拿一百分考卷回家的任務。

雖然手機螢幕很小，用來克難念書還是可以的。他在網路上找到課本後，以極快的速度瀏覽了明天要考的範圍，然後開始查詢他看不懂的部分。

他花了點時間整理重點，才剛做好一個科目，外頭就傳來母親喊吃飯的聲音。

一打開房門，雞湯、米飯與家常菜的香氣，就讓他愣在原地。

其實他已經很久沒好好吃過一頓飯了。

來到這個世界，成為執行員之前，他在黑之海待了不知多少年。那段時間裡，他的知覺尚存，只能在黑暗中品嘗自己應得的懲罰，感受靈魂被腐蝕的疼痛。

長久的禁錮使他幾乎忘了該怎麼和人相處，來這裡的前幾天，他除了適應這個世界，也是在重新適應人類社會。他必須重拾過去的技能與記憶，也得設法調適心靈。

這一切很辛苦，說不定比待在黑之海還辛苦，但他並不想抱怨，畢竟這條路是他自己選擇的。

而這陣子，除了被搭訕自己的男人請吃了點下酒菜，他吃的就是瑛昭給的飯糰。

如果不算這些，他上輩子後期吃的不是墨家的大魚大肉，就是純粹填飽肚子用的營養劑。此時擺在餐桌上的兩菜一湯，並非大廚煮出來的精緻料理，卻讓他莫名產生了食慾。

只因這是他人生中不曾吃過的東西。有「家」的感覺的食物。

他與家人一起吃飯的經驗，幾乎為零。和父親出門應酬不算是與家人共餐，帶食物強迫墨輕玄吃也不算是與家人共餐。或許，在思考自己有沒有這種經驗之前，他該思考的是自己有沒有家人。

現在他有了。儘管這是別人的母親，而且是虛擬世界模擬出來的幻象，但只要他是王子銘，眼前這個女人就是他的家人，毫無疑問。

「快坐下來吃啊，發什麼呆？」

母親一面說，一面給他添了碗飯，放在靠他這邊的桌面上。

白飯上蒸騰的熱氣，一下子讓這個陳舊的老房子多出一股他難以描述的感覺。

他在書本裡看過，在別人的口中聽說過，卻始終不知道的那種感覺。

墨輕染在餐桌前坐下，說不清自己此時是高興還是難過。

這種絕大部分人都覺得很平常的事情，為什麼要用別人的身分才能體驗到呢？

「你怎麼乾坐著也不動手啊？這些不都是你愛吃的菜嗎？」

這些其實是王子銘愛吃的菜，不是他愛吃的，但是他向來不在意吃什麼，當即拿起筷子夾了點肉。

而且，從來也沒有人在意我喜歡吃什麼。墨輕染在心裡輕輕念了一句。

現在他唯一慶幸的，是自己會用筷子。這還是帶著墨輕玄四處躲藏的那段時間學的，用來吃他從來沒看過的便當。

母親的廚藝不算特別好，但不知道為什麼，他就是想多吃幾口。他的食量一向不大，通常一碗飯吃完就飽了，然而今天他又添了半碗飯，還多喝了好幾碗湯。

見他頻頻喝湯，母親臉上也出現了幾分得意。

「湯好喝吧？之前你老是嫌我燉湯調味不好，我跟賣雞肉的老闆娘學了點技巧，這次燉出來的湯，我自己聞了都覺得香。」

墨輕染還記得自己要當個好兒子，所以他點了點頭。

「嗯，香。」

「怎麼變得惜字如金？說話這麼簡短是在裝酷嗎？覺得這樣比較帥？」

母親這段話讓他不知道該怎麼回應，在判斷對方可能想要更多的讚美後，墨輕染決定稍微模仿一下當初在他身邊阿諛奉承的那些人。

「媽，這是我這輩子喝過最好喝的雞湯，能在短時間內進步這麼多，您一定是個天才，只是先前沒發現自己的天分而已！」

或許是他稱讚得太誇張，母親擺了擺手，一臉不自在。

「哪有那麼厲害，湯我也有喝，別胡說八道了，又不是好幾天沒吃飯，更好喝的雞湯多的是！說成這樣我聽了都要臉紅了。」

「也許這不是世界上最好喝的雞湯，但只有您燉的雞湯喝起來有幸福的味道，真的。」

「好啦好啦，忽然嘴巴那麼甜，聽了真是不習慣，專心吃飯！這麼喜歡的話，剩下的湯都給你喝吧。」

母親嘴巴上說聽不習慣，臉上卻笑得很開心。而這突如其來的「獎勵」讓他有點意外，為了不被看出是在說謊，他也只能硬著頭皮將剩下的湯喝光，飽到有點反胃。

晚餐後他本來想回房間，但瑛昭的訊息又來了。

『輕染，季先生說吃完都留給媽媽收是不對的，你不能當個被寵壞的孩子，雖然來不及幫忙收桌子，不過你可以幫忙洗碗。』

『洗碗？使用過的餐具不是放到一種機器裡就會變乾淨了嗎？』

在他這麼問之後，瑛昭隔了幾秒才回應。

『季先生說，這個世界的洗碗機沒有那麼方便，而且你們家也沒錢買，只能手動洗碗。所以你快去廚房吧。』

『但是我不會洗碗。』

『沒關係，王子銘也不會，你可以請母親教你。不然就自己上網找洗碗教學影片，季先生說的。』

『……知道了，我這就去，請季哥有什麼要求儘管提出，就算沒完成任務，我也會努力當個好兒子。』

『別本末倒置啊！任務還是比較重要吧？』

瑛昭傳來這樣的訊息後，墨輕染決定問個問題。

『瑛昭大人，王子銘在您旁邊吧？他有沒有提到這天發生了什麼事？』

從傍晚到現在，飯也吃了，好像都沒什麼特別的發展，但他被傳送回今天一定是有理由的，找出這個理由應該會對任務有幫助。

『輕染，你這是……要我幫你作弊？』

瑛昭的語氣出現了幾分遲疑，墨輕染則想都不想就反駁了他的說法。

『這不算是作弊。執行員守則上沒說不能請教上司任務相關的問題，我只是想用比較有效率的方法來取得任務資訊。』

墨輕染知道，他與瑛昭互傳的訊息，只有彼此能聽見。也就是說，季望初不會得知詳細內容，甚至也未必曉得瑛昭正在傳訊。

相較於季望初，瑛昭顯然好拐多了。他只需要說服瑛昭，就能得到自己想要的資訊，無論怎麼看，都很值得一試。

『雖然執行員守則沒這種規定，但那是因為之前沒有傳訊息的功能，我開發出來以後也忘了針對這個功能制訂什麼規範……』

瑛昭說的話看似是婉拒，不過語氣並不強硬，所以墨輕染認為自己還有機會。

『我們都希望任務能順利完成，不是嗎？我只是想透過您從委託者那裡取得一些情報，要是他沒說過就算了，有說過的話，您就當是順道幫個小忙，委託者開心，我做任務方便，任務成功了部門也能拿到錢，這可是三贏啊。』

傳出這段話的同時，他已經抵達廚房，看見了在裡面忙碌的母親。

「子銘，你怎麼又跑來廚房啦？有事找我嗎？」

「媽，我來幫您洗碗。」

墨輕染面上堆出笑容，說出自己的來意。

「什麼？今天是太陽從西邊出來了嗎？你居然主動說要做家事？」

母親表現得相當震驚，因為平時的王子銘是不會幫忙做家事的，三催四請也未必會做。

「除了要當個好學生，我也想當個好兒子啊。」

墨輕染笑著回答，像是覺得說這些還不夠，他又補充了幾句。

「您平時太辛苦了，這種小事就讓我來吧，我想讓您看到我的改變。都快十八歲了，也該多負擔一點責任。」

他這番話說完，母親怔怔看著他，眼眶逐漸發紅。

母親的反應雖然在意料之中，實際面對時，他卻感到不知所措。

「媽……」

「你總算變懂事了。媽希望你說的話都是真心的，別再讓媽失望，好嗎？」

母親語帶哽咽地輕輕擁抱了他，墨輕染渾身僵硬，只能盡量嘗試放鬆。

就在這個時候，瑛昭的聲音傳入他腦中。

『好吧，你說的對。剛才王子銘確實有提到這天發生了什麼事。』

聞言，墨輕染精神一振，立即轉移注意力，專注地等待瑛昭繼續說下去。

『他說這天他不顧母親阻攔，堅持出去跟朋友唱歌，還放話說父親早就拋棄了自己，根本沒有必要為父親慶生……等他深夜回家時，發現母親昏倒在房間裡，她昏迷時撞擊到頭部，導致後續的病情更加嚴重，之後就是他手忙腳亂接手債務的那一段了。』

瑛昭提供的情報，讓墨輕染心頭一緊。他沒將情緒表露在臉上，只溫聲請母親教導他如何洗碗。

『謝謝瑛昭大人，我明白要如何處理了。』

印象中，王子銘的母親是送醫後才被查出其他病的，之所以會昏倒，應該是血壓或者過勞之類的問題。在進入任務前，他就思考過該怎麼處理這件事，母親倒下不利於任務進行，要是回來的時間點早，還有餘裕能想點別的辦法，但若是今天就會發生的話——

墨輕染立刻有了決定。

「好啦，就是這樣洗，學會了沒？」

母親示範的洗碗流程，他剛剛分心觀看，已經記在心裡。

「學會了，那您就放著讓我來洗吧。」

他邊說邊笑著將手按到褲子的口袋上，使用能力製作出需要的紙籤，再將紙籤掏出來給母親。

「這是我之前去廟裡求的平安符，您帶著，聽說很靈的。」

母親接過去後看了一眼，露出疑惑的神情。

「什麼廟的平安符長這樣，只有一個圖騰啊？真奇怪。」

儘管嘴裡這樣念，她還是將紙籤收進衣服裡，沒有追問下去。

對墨輕染來說，母親有沒有好好收著這張紙籤都無所謂。在她接下紙籤的那一刻，他的能力就已經生效，讓他能清楚感知對方的身體狀況，並使用其他的能力調整。

過去他運用這兩種能力，都是為了無聲無息地暗殺人，將能力用在治療上還是第一次，也讓他心中產生出一種不一樣的感覺。

硬要歸類的話，大概是種滿足感，並帶點隱密的愉悅。他認為自己不算是好人，現在他雖然做了一件好事，對方也不知道，但他的心情就是好了起來。

如他預料的，偷偷使用完能力後，瑛昭便傳訊過來問了。

『輕染，那張紙是什麼？你是不是偷偷在王子銘母親身上動了手腳？』

『是季哥問的嗎？還是瑛昭大人自己想知道？』

『我們都有注意到，他想問，我也想知道。』

相較於詢問瑛昭情報，動用能力應該更像是作弊，不過依照瑛昭跟季望初的性格，墨輕染判斷他們會包容自己的行為，所以他很乾脆地說了實話。

『我替她調整了身體狀況，好讓她不會突然倒下。至於她體內的隱疾，等她晚上睡著後我會進一步處理，讓她能有個健康一點的身體。』

他已經想過了，如果瑛昭質疑他作弊，他就用委託者也想看到母親健康來說服瑛昭。而讓他意外的是，瑛昭沒質疑，反倒是問了其他問題。

『季先生問你，既然有這種能力，當初怎麼不拿來治療自己的傷，搞得一副時常處在重傷狀態的樣子？』

『……這個能力無法用在自己身上，也不是什麼毛病都能解決。我當時的傷口通

常是用其他能力來處理，恢復得比較慢，讓李哥擔心了，真是不好意思。』

墨輕染說的是真話，要是可以用來治療自己，他早就用了。畢竟當初他真心想拯救墨輕玄，自然是傾盡全力、毫無保留地執行這件事，包含維持自己的狀態。

那時他用在自己身上的，主要是另一種自我調節身體的能力。其用途廣泛，他通常用來促進傷口癒合，以及降低痛覺。

因為回話之後對方沒再說什麼，墨輕染以為對話已經結束，便開始嘗試洗碗。令他意外的是，這個話題居然還有後續。

『輕染，你那個能力……能治好王子銘的父親嗎？』

這個突如其來的要求，讓墨輕染洗碗的動作頓了頓，總覺得任務方向開始嚴重偏離主題。

『瑛昭大人，我們跟王子銘簽訂的合約內，並不包含治療他的父親。』

他覺得自己有義務提醒瑛昭，理論上他們不需要做額外的事。但是，即使他這麼說了，瑛昭也沒打退堂鼓。

『可是王子銘很想看的樣子，你如果能治的話，就順便治一下？』

儘管瑛昭已經說出明確的指令，墨輕染仍想再多問幾句。

『我不確定能不能治好他，但讓他醒來是有可能的。您確定要促成這種醫學奇蹟？季哥也同意嗎？』

瑛昭是部長，季望初只是個執行員，照理說部長的意見應該凌駕於執行員之上，不過墨輕染覺得瑛昭是個過於天真、時常搞不清楚狀況的部長，還是確認一下季望初的意見比較保險。

『季先生說這是你第一次執行任務，隨興一點也沒有關係，大家開心就好，我們偶爾也可以當一當讓世界充滿愛與希望的部門。』

『……喔。那我晚點去醫院看看。』

先前璉夢介紹時，墨輕染可不認為第十九號部門是這麼歡樂的部門，但部門會隨著部長的不同而產生變化，也是可以理解的，他打算等母親睡著後，再去醫院探視。

雖然他無法過目不忘，但父親住在什麼醫院、哪個病房，這種基本資訊他還是有特別記住。

洗碗這種工作，本身沒什麼技術可言，墨輕染雖是第一次洗，但也能輕鬆完成。

處理完家事，他準備去向母親報告，卻發現母親已經回房就寢。王子銘的記憶裡，母親似乎也是這樣，只要有時間就會盡可能地補眠。

於是墨輕染輕輕開門，打算先處理好母親的病情再去處理父親那邊。至於母親是否已經熟睡、是否會被驚醒，他一點也不在乎。反正瑛昭跟季望初都讓他隨興一點了，那使用能力讓母親陷入沉睡狀態應該也沒有關係。

炎熱的夏天裡，房間內只開了窗，沒有開冷氣。為了控制這個家的開銷，王子銘的母親總是努力在自己的食衣住行方面節省，他在看記憶時沒有很留意，現在卻從各個小細節都能感受到這一點。

他將手輕輕放到母親的手臂上，運用能力開始處理自己能處理的部分。

這種程度的病況，要處理到讓對方稱得上健康，不會突然倒下，只需要很短的時間。接著他馬不停蹄出了家門趕往醫院，使用能力潛入病房，見到了植物人狀態的父親。

一個人在床上躺這麼多年，看起來自然虛弱又瘦弱。如果他是王子銘本人，見到父親現在的模樣，恐怕當場會淚崩——王子銘的記憶裡他似乎就是這種反應。

但他終究是局外人，所以可以理性面對這個靠醫療儀器吊著命的病患，並對其施以救治。

墨輕染拿出事先製作好的紙籤，使其在手中燃燒，然後同樣伸手觸碰父親的肌膚，探查他體內的情況。

與母親相比，父親的身體狀況明顯糟糕多了。墨輕染皺起眉頭，開始思索治療方案。

在他看來，這樣的身體，如果他不介入，靠著原本的醫療，病患也只能繼續半死不活地躺在這裡。如果過程中沒出什麼意外，運氣好的話說不定還能再躺個十幾二十年。

仔細斟酌後，他確信自己能讓父親醒來，但他著手治療到一半，忽然有了個主意，因而停下原本的動作。

他用潛入醫院的方式離開了現場，這時，瑛昭的訊息又傳來了。

『輕染，治好了嗎？他好像沒有醒。』

瑛昭大人，您對這個任務的關注程度真的好高啊，這已經是逢事就問，緊迫盯人的程度了吧？

墨輕染一面在心裡念著，一面回答這個問題。

『治療還沒結束，所以他還不會醒。』

『咦？還沒治療完？那怎麼停了呢？是能力消耗過度，需要休息補充嗎？』

『不，我的能力雖然被抑制了，無法發揮完全，但也沒弱到用這麼點就必須休息的地步。我只是忽然有個主意，所以不想現在就治好他。』

墨輕染解釋了原因後，瑛昭並沒有停止詢問，似乎想打破砂鍋問到底。

『是什麼主意啊？』

『瑛昭大人，您就這麼不想給自己的觀看體驗留一點懸念嗎？直接知道答案不是很無聊嗎？』

墨輕染嘆了一口氣。

『沒辦法，王子銘很焦慮一直問啊，我們給了他希望，現在彷彿希望又落空，他當然會想知道是怎麼回事。那畢竟是與他人生緊緊相繫的父親，他如此關心也是情有可原的，所以我才會幫忙問一問。』

『那您可以請他放心，順利的話我明天就會治好他父親。有個明確的時間點，他就比較不會追問了吧？』

『確實如此，那我就這樣告訴他了，輕染，加油啊。』

接著一直到他平安回家，瑛昭都沒再傳訊息過來，想來人應該是安撫好了，不需要他再解釋什麼。

回房間後，他抓緊時間拿出手機，繼續惡補明天要考的科目。

他決定通宵讀書。因為他想在明天母親上班前攔住她，執行他剛才想出來的小小計畫。

都說要讓大家開心了，還說可以暫時當個充滿愛與希望的部門，那麼加點戲，把本來平淡的過程變成另一種模樣，應該會讓大家看得更有滋味吧？

植物人半夜悄悄醒來，這種劇本多無趣？就當是提供額外服務了。

墨輕染覺得自己對待這個任務十分用心，只可惜這些努力不會讓完成任務的獎金提高。

第六章

瑛昭的辦公室內，一人兩鬼正緊盯著螢幕，準備看墨輕染接下來會怎麼做。

王子銘顯得相當緊張，他幾乎不敢移開視線，就怕錯過了什麼細節。

『他真的……治好我媽了嗎？然後隔天就能讓我父親醒來？』

這個問題，五分鐘內他已經問第三次了。就是因為他如此焦慮，瑛昭才會一直傳訊息給墨輕染，確定各種細節。

如此緊張進度的委託者，我還是第一次看見。應該說……他很孝順？或者是很在乎親人？可惜輕染的能力究竟如何，我們都不清楚，所以我也無法替他保證什麼。不過，對於自己能做到哪些事，輕染應該不會，也沒有必要說謊吧？我相信他。

「他能。」

季望初倒是很有耐心，不只面上沒表露出一絲不耐，語氣也很平淡，似乎很能體諒王子銘的焦慮。

『這個觀看模式，有沒有快速前進的功能啊？』

此時王子銘又問了一個問題，只能說他真的很急。

「已經在快進了，你沒發現天亮得很快嗎？」

這快速前進，其實是由瑛昭操控的。原理就是調整虛擬世界與現實世界的時間比，好讓觀看者不需要花太多時間也能完整看到任務的重點。虛擬世界的時間本來就比現實世界快，所以執行員才能一天跑一個以上的任務，而瑛昭自己有觀看需求，又不想完全投身其中使用虛擬世界的時間流速，這才在原本的時間差上動手腳，快速帶過一些不需要認真看的部分。

『啊……確實，很快就天亮了……』

王子銘喃喃自語了一句，接著露出苦笑。

『可能是我太心急，體感時間過得好慢啊。』

「沒關係，我們可以理解。」

螢幕上，墨輕染早早起了床，一面複習一面觀察外面的動靜。在聽見開門的聲音後，他判斷母親已經起床，便走出去喊了一聲。

母親訝異於他的早起，他則神態認真地開了口。

『媽，今天您能早點回來嗎？』

『怎麼了？有事？』

『我都知道了。今天放學後，帶我去看爸爸好嗎？』

不得不說，墨輕染的演技還是挺不錯的。此時他面上的哀愁恰到好處，完美演繹一個堅強又難過的兒子。

就這樣直接攤牌了？下一步就是讓王子銘的母親帶他去醫院嗎？難道要在母親面前現場治療？會不會太驚世駭俗啊？

瑛昭自己幻想了十分誇張的發展，他不曉得墨輕染會不會這麼做，只能耐心地繼續觀望。

『你、你是怎麼知道的？』

母親一聽這句話就臉色大變，墨輕染當然不會認真解釋這點，三言兩語帶過後，他再次提出去醫院看父親的要求。

『唉，你爸他……這些年狀況一直起起伏伏，沒有大好也沒有大壞，我瞞了你這麼多年，就是怕影響你的心情，現在你都知道了，是該帶你去看看他……』

這名獨自撫養兒子八年，扛下所有壓力的女子，一面說一面抹眼淚。

看著螢幕上母親垂淚的模樣，王子銘神色黯淡，顯得很不好受。

『媽，如果我沒有發現，您什麼時候才打算告訴我？』

此時墨輕染問了這個問題，母親則在沉默半晌後才吞吞吐吐地開口。

『我自己能撐就撐……本來就沒想過讓你知道。』

按照她的意思，大概是除非撐不下去，否則這輩子都不打算讓兒子知道真相。

『為什麼？再怎麼樣，至少我成年後就該告訴我了吧？家裡的事情，難道不該讓我也分擔一些嗎？』

『你還是個小孩子，就算十八了也一樣是小孩，哪可能要你分擔什麼，而且、而且你要是負擔起你爸，以後要怎麼結婚？這是我老伴，我自己選的，我願意為他付出一輩子，你還這麼年輕，有個植物人爸爸要養，未來要怎麼辦？誰敢嫁給你啊？』

母親的思想也許不完全正確，邏輯也未必通順，但她一心為兒子著想，這點大家都能看出來。

而王子銘雖然願意扶養父母，但時間久了，會不會產生怨懟，也是沒人能知道的事情。

因為他在那之前就已經過勞死了。

如果是王子銘本人，聽到這種話一定會忍不住反駁，原本的世界線裡他就是一直責問母親隱瞞，並怪罪母親沒想過自己為什麼會越來越叛逆，最後鬧得氣氛很僵，談話中互相傷害，雙方都很不高興。

墨輕染的應對方式則不同。他安靜注視著母親，過幾秒才上前輕輕擁抱對方。

『**媽，這些年您辛苦了。**』

這句話或許戳中了母親內心深處的脆弱點，使她情緒潰堤，就這麼抱著兒子大哭了起來。

在原來的王子銘面前，母親從來沒有表露過這樣的情緒。王子銘的記憶裡，她一直都是很堅強固執的女性，就算哭泣也只是掉幾滴眼淚，眼前的這一幕讓王子銘為之失神，旁邊的季望初則一面點頭一面評論。

「輕染挺會的嘛，雖然缺乏一些基礎常識跟知識，但是在洞察人心與情緒應對上還不錯。」

「喔？季先生，換作是你也會這麼做嗎？」

「差不多吧。先處理好對方的情緒，接下來才比較好溝通，這種時候急著訴說自己的苦處是很難被體諒的。說話的語氣跟神色都得注意，輕染確實都有做到。」

說著，像是想照顧一下王子銘的心情，他又補充了一句。

「不過對一個普通高中生來說，這些都太難了。就如他母親說的，還是個孩子啊，哪有辦法很好地應對這些呢。」

聽他這麼說，瑛昭默默在心裡點頭。

才十幾歲，確實是個孩子。我都活這麼久了，也不懂得如何處理這些事情，這就是經歷不足的差異吧？

螢幕上，母親發洩完情緒後，似乎覺得自己反應過度很丟臉，簡單約好放學後帶墨輕染去醫院的時間，便匆匆出了門。

墨輕染回房繼續念書，王子銘則低聲埋怨。

『還要等到放學後啊？這部分也可以快速前進嗎？』

他的要求讓瑛昭略感訝異。

「你不想知道他念書之後可以考幾分嗎？這可是跟你的委託息息相關耶。」

『那種事情哪有我爸重要，而且才讀一天書，應該也不會有什麼進展吧？』

聽起來你好像也沒很在意成績嘛，但你卻許了成績相關的願望？又是一個搞不清楚自己想要什麼的靈魂嗎？

王子銘不想看學校的部分，然而瑛昭想看，所以他婉拒了這個要求。

「我們沒有為委託者提供量身訂製的快速前進服務喔，你還是有耐心一點，乖乖看下去吧，從上學到放學應該也沒有很久。」

『明明很久。我上學的時候都覺得等到天荒地老才放學。』

王子銘嘴裡低聲說著，看來只是碎碎念，沒有認真辯駁的意思，瑛昭就當作沒聽到，繼續看螢幕。

墨輕染一直讀書到該上學的時間，才收拾東西準備出發。然而他收到一半停頓下來，隨即拿出手機開始查詢。

「噢，看來輕染不知道學校在哪裡。就算查到了，他曉得怎麼搭公車嗎？」

季望初的語氣帶點幸災樂禍的味道。

對喔，輕染才剛來不久，應該還沒學會搭公車這種技能吧？在他原本的世界裡，以他的身分都有專車接送吧？就算知道付錢可以叫車，他恐怕也不知道這個世界的計程車長什麼樣子？

墨輕染是怎麼想的，瑛昭並不清楚，因為隔著螢幕無法讀心。他們只能看到，墨輕染盯著手機沉默了好一陣子，也不知是不是在思考交通方式。

不久之後，他拿出一張紙籤，使之在手中燃燒殆盡，接著他戴上口罩、背起書包就出了門。

「輕染剛剛是不是使用了能力？」

「應該是吧。」

從季望初的表情看來，墨輕染使用了什麼樣的能力，他似乎心裡有數。

『這個方向沒有公車站牌啊？他是打算走路上學嗎？從這裡走到學校要四十分鐘，會遲到吧？』

王子銘皺著眉頭，不太贊同這個做法。

「噢，你放心啦，他等一下就會用超能力趕路了，鐵定不會遲到。」

『用超能力趕路？』

王子銘一陣錯愕，由於季望初沒繼續解釋，他只好乖乖看下去。

如同要印證季望初的想法一般，在遇到第一個紅綠燈時，墨輕染便絲毫不顧忌他人眼光地開始趕路了。

他用快到會讓人產生視覺殘影的速度跳上紅綠燈的桿子，再跳上住宅與大樓的屋頂，一路朝著學校的方向飛躍狂奔。由於他走的是直線，前進速度又快得異常，不過五分鐘的時間，學校就已經出現在眼前。他快速地挑了一個隱蔽的樹叢俐落跳下，確定附近沒其他人後，才走出來拍掉樹葉，鎮定地朝校門走去。

這比特技表演還誇張的上學過程，讓王子銘張大嘴巴，好一陣子才找回自己的聲音。

『他……他到底有幾種超能力？你們這裡每個執行員都有這些能力嗎？』

「不，目前只有他有，其他的執行員都是普通人，頂多會的技能比較多，這種科學不能解釋的能力，其他人都不具備。」

『所以接受我委託的，是你們最厲害的執行員？』

聽到這句話，不等季望初回答，瑛昭就急切地插嘴。

「不，季先生才是最優秀的！」

他的發言讓季望初笑了笑。

「現在還不是，未來就不一定了。」

季望初對墨輕染的高評價，瑛昭不是不能理解，但情感上有點難以接受。

輕染的確很優秀，又有各種奇奇怪怪的能力可以使用，我也很看好他未來的成長，可是——要說能超越季先生，成為第十九號部門最優秀的執行員，還是有點難吧？季先生有這麼看好他？

季先生通常都是對的……所以我該相信這個可能性，相信季先生的判斷，不要感情用事，下意識拒絕接受？

「怎麼了？表情如此凝重，是在想什麼？」

見他神情凝重，季望初關心了一下，瑛昭也老實說出內心想法。

「我只是在想，你對輕染的評價真高，你這麼厲害，他真的有機會超越你嗎？」

聞言，季望初笑了一聲。

「與其說我對輕染的評價高，不如說你對我的評價太高了吧？啊，搞懂你在想什麼了，無非就是覺得我這麼厲害，怎麼可能被新人超越，對不對？對於你將我放在那麼高的位置，我只能說聲謝謝，事實上我也沒有多強，我的能力全都是時間累積出來的。」

時間累積出來的？活的時間長、出的任務多，固然可以學會更多技能，但換成其他人，絕對做不到季先生這麼好吧？多數人應該熬不到這麼長時間就已經放棄，或者還沒學到這麼厲害就積分足夠投胎去了，況且……季先生過目不忘的能力、對細節的敏銳觀察，以及對人類情感的體察，都遠高於一般人類的標準吧？

瑛昭默默思考這麼多後，忽然驚覺自己加在季望初身上的光環確實有點多了。

如果現在有人問他璉夢跟季望初誰比較厲害，他多半會毫不猶豫就回答季望初。

這是……偶像崇拜的濾鏡？身為第十九號部門的部長，在評判部下的時候摻雜太多私人情感，是不是不太好啊？

「你忽然這麼謙虛，真讓人不習慣。」

瑛昭心情複雜地回應後，季望初不以為意地露出微笑。

「不瞞你說，我是看心情謙虛的，現在我正巧心情還不錯。咦？這小子考試的成績也太低了吧？」

他說到一半，忽然注意到螢幕上考卷的分數，不禁訝異。

瑛昭跟著看了過去——嗯，三十分。

『**考得比我還低啊，他真的行嗎？**』

連王子銘都傻眼了，季望初也覺得這分數不太合理。

「以他的智商看來，不該這麼低啊？理科應該有一些跟他的世界是互通的，不算是從零開始讀吧？」

「唔，不然我再問問他好了。」

瑛昭已經很習慣給墨輕染傳訊息，因為墨輕染跟季望初不一樣，就算他一直問，墨輕染也不會念他。

『輕染，你考試遇到了什麼困難嗎？怎麼分數這麼低？』

『瑛昭大人又來關心我啦？其實事情很單純，今天要考的科目不只這一科，我想著理科總有相通之處，打算用我那個世界的知識來考考看，優先準備別科。看來是行不通，有些元素我們那裡沒有，有些基礎的原理我也沒學過，唉。』

這樣啊？如果是完全沒讀的情況下考出這種成績，好像就可以理解了呢。

『原來如此，那你加油吧。』

瑛昭將問來的狀況告知季望初跟王子銘，前者挑了挑眉，後者則點點頭，沒有太大的反應。

畢竟王子銘現在只希望墨輕染趕緊下課，去醫院弄醒他父親。

下一個小考的科目是國文，瑛昭不知道墨輕染這科有沒有複習到，他只知道成績看起來依舊不妙——四十一分。

這次不等季望初跟王子銘說話，他就自己傳訊息過去問了。

『輕染，這科你有讀嗎？』

『有啊，可是文言文太難了，這個世界的古人為什麼喜歡用如此不清晰又容易誤解的方式寫字說話？我們那邊沒有這種東西。』

墨輕染的語氣帶著無奈，看樣子他努力過了，但一天的努力遠遠不夠。

瑛昭不曉得該如何評斷文言文難還是不難，因為神界的古老文獻都是文言文寫的，神界的神對文言文自然不是略通就是精通，他難以想像有人會一竅不通。

「季先生，輕染說他完全不懂文言文。」

他有點苦惱地說出這個資訊，季望初則馬上看向王子銘。

「你合約上的第一志願，雖然寫最高分的系所，不過你是二類組啊，理科第一志願就可以了吧？」

『可以。』

王子銘本來就沒對哪個系有特殊執念，對他來說，現在這件事搞不好已經不重要了。

「瑛昭大人，跟他說國文不用讀了，反正理科最高分的系不採納國文分數。」

咦？還可以這樣？

瑛昭決定馬上轉告墨輕染這個好消息，墨輕染則在查閱相關資料後哀嘆出聲。

『原來還有其他科目也不用讀，我昨天白讀了。』

『喔……至少你才第二天就知道了，也不晚吧？』

『是啊，謝謝瑛昭大人跟季哥的提醒，我知道該怎麼做了。』

下一堂課考的是數學，這回墨輕染考得異常高，有九十三分，距離拿一百分考卷回家給母親看的目標只差七分。

看到這種分數，難以置信的換成了他鄰桌的同學。

『王子銘，你該不會作弊了吧？』

對於這個質疑，墨輕染笑了笑，沒有做出任何解釋。

沒想到同學見狀，居然壓低聲音請他作弊也帶自己一起。

「這孩子怎麼回事，想要好成績應該自己好好讀書吧……」

瑛昭忍不住念了念，王子銘則見怪不怪地回答了這個問題。

『我成績不好，讀的本來就是比較差的高中，很多同學上課都在打混摸魚，不想讀書是很常見的情況。』

「不讀書的話，有培養其他技能嗎？沒有的話他們以後要怎麼辦？」

有了這些日子的閱歷，瑛昭已經曉得多數人類很重視學歷，此外就是專業技能。

『我也不知道。很多人都不知道自己未來要做什麼，反正就混吃等死，家裡有錢就靠家裡，沒錢就出去打工，過一天算一天吧。』

聞言，瑛昭雖然還想再問下去，卻又覺得這種社會問題太過複雜，問了多半也得不到什麼好答案，只好作罷。

好吧，神界也不是沒有這種神，而且神都能活很久，感覺又更絕望一點。如果我不上進不努力又沒有自己想做的事，應該也可以靠家裡養個幾千年，直到父親大人受不了我為止。光用想的就覺得好可怕啊，在父親大人受不了之前，我就忍不了自己了吧？

墨輕染沒有作弊，自然不可能答應同學的要求。對方惱羞成怒威脅他要檢舉，他也不痛不癢，於是同學真的舉手報告老師，表示墨輕染的分數很可疑，應該要徹查。

老師的做法也很簡單，他隨機抽了幾題，要墨輕染直接在黑板上解題。

「雖然同學檢舉輕染作弊，但他又沒有證據，即便分數比平常高很多，老師也該相信他，之後的考試慢慢觀察，而不是要他自證清白吧？」

瑛昭不能理解老師的選擇，在他發問後，季望初為他鼓掌，但神情帶著揶揄。

「瑛昭大人說得很好，可惜每個老師的個性跟價值觀都不同，老師沒有證據就懷疑學生也是很常見的事情，特別是針對成績不好的學生。」

他說完之後，王子銘還淡淡補了一句。

『**我們學校本來就沒幾個好老師，有些有教學熱忱的老師，因為學生不愛讀書，也慢慢沒了熱情。**』

「……如果都不想讀書，那為什麼要上學啊？」

『**因為父母要你去，因為國家規定要去，就這樣。**』

王子銘回答的態度很消極，季望初則愉快地進行補充。

「去學校又不是只能讀書，還有很多好玩的事情可以做啊。」

「很多好玩的？例如？」

「找人打架、在教室煮火鍋、各種買賣交易、挑撥小團體的感情、抓蟲抓老鼠……還有很多刺激的，也有嚴重違法的，就不告訴你了。」

高中生的生活到底可以多采多姿到什麼地步？甚至還有嚴重違法的事情可以做？都沒有人管嗎？

「季先生說的，是以前的任務經歷？」

「是啊。」

「以前的任務中，你在學校做過最嚴重的事情是什麼？」

基於好奇，瑛昭問了這個問題。

會有多嚴重呢？殺人嗎？還是販毒？

在他想像的同時，季望初開口了。

「我做過的校園任務太多，硬要挑一個的話，大概是依照委託內容，製作炸彈把學校夷為平地吧。」

……

這個……遠超出我的想像……該說不愧是季先生嗎？

「所以是委託人要求你炸了學校？」

「倒也沒有這麼明確，只是說他想讓這間學校從世界上消失。我研判用合法手段解決要花的時間太長，反正裡面也沒有什麼好東西，乾脆炸一炸，省事方便又快速。」

季望初的回答讓瑛昭再次無言。

沒、沒事，雖然做法聽起來很不善良，但那是虛擬世界！是幻境！季先生沒有真的炸死那麼多人，沒關係的！

他只能這樣安慰自己。

*

上台解題難不倒墨輕染，他輕鬆完成了這個任務，也洗清自己的作弊嫌疑。他成功寫出算式與答案，讓老師眼睛一亮，對待他的態度也出現了明顯差異。

『王子銘，進步很多啊？最近有好好聽我上課？』

『是啊，老師。我回家有好好複習。』

『離大考不遠了，學習中如果遇到什麼問題，都可以來問老師。』

『好，謝謝老師。』

接著，老師對全班同學精神喊話，要他們跟墨輕染學習，不到最後一刻不要放棄，就這麼講了三分鐘才開始上課。

「老師怎麼忽然變得很友善？愛才嗎？」

瑛昭看不明白。

「你要說愛才也可以，九十三分在這個學校應該是非常高的分數，如果能帶出一個高分學生，業績會比較好看，老師的業內評價也會變高。既然是可造之材，適時提供一下幫助，也算是雙贏吧。」

「是、是為了業績？我還以為是我誤會他了，其實他是個好老師呢！」

「你還是太天真了，利益才使驅動人行動的最大因素。那種單純想教好學生的老師不是沒有，不過王子銘剛才說的話你也聽到了吧？在這所學校，那種老師很少。不過，不願意無私付出，也不代表是壞人啦。」

「喔……」

在瑛昭心裡，老師是個很神聖的職業，但經過這幾句對談後，他覺得該職業似乎沒那麼神聖了，至少在人界沒那麼神聖。

又過一段時間後，他們終於等到了放學時間。

墨輕染將大部分的課本塞進書包，找了一個隱蔽的角落躲起來，然後就用早上來上學的方式起跑回家。

「輕染這是打算一直用能力趕路通勤嗎？這樣不好吧？」

他才剛提出質疑，王子銘就搶先回答。

『**我覺得很好，這樣回家比較快。**』

「……」

瑛昭再次感受到王子銘有多麼急切地想看他爸醒來。

螢幕上，墨輕染在極短的時間內回到了家中，但母親尚未到家，所以他提早回家也不能提早去醫院。

王子銘又焦慮了起來，這種焦慮一直到他母親出現才緩解。

母親與墨輕染簡單交談幾句後，就帶著他出門，墨輕染也第一次搭到了公車，不曉得明天上學他會不會考慮使用大眾運輸工具。

看著公車行進，看著一路上的景色，王子銘的神色漸漸恍惚，想訴說點什麼的心情，使他自顧自開了口。

『以前我去探望父親，也都是搭這班公車。我知道過了這個招牌，左轉後再過兩站就是醫院。越靠近醫院，我的心情就越差，整個路程感覺都很壓抑，日常生活中路過這附近，心情也會受到影響。』

瑛昭不確定王子銘需不需要人回應，他正猶豫著，王子銘就繼續說了下去。

『每一次探望父親，都不會知道是為了什麼。他不會變好，不會康復，沒有平常家屬去探病，看著病人慢慢好轉，可以接他出院回家的期待感，一切都沒有希望。偶爾

我也會想，到底要不要繼續堅持？繼續堅持有意義嗎？可是我放不下……就算我能放下，母親也放不下，而我是不可能丟下母親不管的……』

聽到這裡，瑛昭試圖讀心，但他只讀到一片混沌，沒有什麼明確清晰的心音。

王子銘說到這裡就沒再說下去。螢幕上，墨輕染跟母親已經抵達醫院，在走進醫院前，母親先憂心忡忡地給他打預防針。

『你爸現在樣子跟你記憶中不一樣，你待會看了可別嚇到。』

『雖然他醒不過來，但你還是可以跟他說說話，說不定他能聽見。』

『我問過護理師，如果你想握一握你爸的手也是可以的……』

明明第一次來的人是兒子，她自己已經來過很多次，她卻比兒子還要緊張。

墨輕染輕輕拍了拍她的手背，要她不要想太多，接著就和她一起搭電梯上樓了。

走向病房的途中，他們維持沉默。等到走入病房，看見躺在床上的植物人父親後，母親眼角泛淚，先行上前撫了撫父親的臉，溫柔地開始對他說話。

她告訴王子銘的父親，今天帶兒子來看他，認真報告了一下近況。儘管床上的丈夫無法給她任何回應，她仍絮絮叨叨地說了五分鐘，才轉頭看向墨輕染。

『子銘，過來和你爸打個招呼吧，他好久沒看到你了。』

事實上，昏迷狀態的父親根本看不見墨輕染，但他並沒有糾正母親的說法。

輕手輕腳地走到病床旁後，墨輕染一握上父親的手，就偷偷啟動口袋裡的紙籤，使用了能力——這是瑛昭看見的細節。

他低垂著眼皮，沒有一開始就開口。隨著時間過去，像是找到了合適的時機點般，他終於對著父親說出第一句話。

『**爸，我是子銘，我來看您了。我很想您，您聽得到我說的話嗎？**』

隨著話音落下，男子的眼皮忽然一顫，母親敏銳地捕捉到這個畫面。

『**子銘！我……我不知道有沒有看錯，你爸的眼皮剛剛好像動了一下！**』

這個狀況應該在墨輕染的預料之中，他配合地用驚訝的表情看了母親一眼，接著又搖了搖父親的手，輕聲呼喊。

『**爸？您聽見我喊您了嗎？**』

隨著他的呼喚，父親這次吃力地微微睜開了眼睛。

母親先是驚叫，接著便一面高聲呼叫一面衝了出去。

『**護理師！醫生！我老公醒了！他醒了！快過來看看啊！**』

沉睡多年的植物人甦醒，足以造成轟動，接下來自然是一陣兵荒馬亂，墨輕染則一直待在焦慮又激動的母親身旁，安靜陪伴著。

對母親來說，等待醫生會診、醫院檢查的過程，用度秒如年來形容也不為過。比較簡單的檢驗，當天結果就能出來，其他檢驗則要等上幾天。不過無論如何，父親的清醒對母親來說就是個想都不敢想的奇蹟，她語無倫次地跟墨輕染傾訴自己的心情，大概都是些擔憂或對於未來的規劃，時常說一說就開始哭泣——但不是因為悲傷，而是喜極而泣。

王子銘沉默看著這些表現，表情十分複雜。他面上沒有大喜也沒有大悲，盯著螢幕看了老半天，臉部肌肉才放鬆下來。

這是一種……釋懷的表情嗎？

『**我們家真正需要的，原來一直都不是幫助或救濟，而是奇蹟啊。**』

瑛昭正思索著，王子銘則有了這樣的感嘆。

他們需要的是奇蹟，但奇蹟又豈是現實世界會輕易出現的呢？

看著畫面中又哭又笑的母親，與醒來後依舊虛弱，但慢慢能發出一些聲音的父親，王子銘的眼中有著濃厚的情感與眷戀。

他沒有說出口的話或許是：只可惜這樣的奇蹟，在我活著的時候沒有發生。

「輕染有如此優秀的能力，回來以後賺錢應該不是問題。」

同樣看著螢幕的季望初，忽然有感而發了一句。

啊？這麼感動的畫面，你想到的居然是錢？

「季先生的意思是，等他回來，可以到處救植物人賺錢？」

「哪有那麼多植物人可救？植物人的家庭多半困苦，也拿不出多少錢來啦。我的意思是，他可以替有錢人調養身體。跟健康有關的事情，那些有錢人肯定願意花很多錢——」

說到這裡，季望初猛然想起一件事，因而看著瑛昭發問。

「不過，這可能會改變一些人的命運與壽命。執行員使用異世界的能力影響這個世界的人到這種地步，是神界能夠允許的嗎？」

他問的問題很實際，而且瑛昭一時之間回答不出來。

糟糕，好像沒有先例可循，這該查詢哪部分的條例？其實父親大人在的話，直接問他就好，偏偏父親大人不知道去哪了，我要是無法現場回答出來，是不是很不專業？

瑛昭內心糾結，但他確實不清楚答案，也不敢隨便回應。

「這部分，我可能需要請教父親大人才有辦法回答你。」

「噢。你不用那麼緊張，就算不行，輕染也有其他方法能養活自己。」

儘管季望初這麼說，瑛昭還是有點沮喪。

如果我熟讀第十九號部門的各種規範，就能綜合出一個結論了吧？是我沒做好準備，都上任幾個月了還不好好弄懂這些，是我的失職啊！

『對了，我有一個問題想問，不知道能不能為我解答。』

此時王子銘忽然開口，瑛昭便看向了他。

「你可以問問看，能解答的話我們就會回答。」

得到答覆後，他又遲疑了好一陣子，才問出心中的問題。

『我想知道……在我死了以後的事。我父親後來有甦醒嗎？還是到死為止都沒有醒來？』

這個問題超出第十九號部門處理的範疇，因此瑛昭微微一愣後，並沒有立即回應。

又、又來了一個不知道該怎麼回答的問題。我想想……合約都簽了，這個問題的答案不會影響他轉世與否，單純跟他說個答案，也影響不到現實生活的人，那麼幫他查一下，應該沒有關係？

做出決定後，瑛昭使用神力調查了王子銘父親後來的狀況，隨後便簡短答覆他。

「你父親直到死亡也沒有甦醒，是在沉睡中離世的。」

對於這個答案，王子銘顯然不感到意外，只點點頭，答了一句「我明白了」，就沒再追問下去。

第七章

在醫院為大家上演完奇蹟後，墨輕染跟著母親忙前忙後，過了幾天才有點回到日常生活的感覺。

父親的清醒，他內心毫無波瀾，畢竟人就是他救醒的，他也不是真正的王子銘，對父親自然沒有什麼情感。

但母親就不同了。從那天之後，母親眼裡就有了光，再也不是死氣沉沉的樣子。雖然父親身體復健、重新適應當今社會都需要很長的時間，現在也依舊在住院調整，不過母親的眼神中滿是對未來的期望，規劃了很多父親出院後的事宜，吃飯時一直拉著他念，面上的笑容也明顯多了不少。

墨輕染沒有嫌她煩。這種一家人一起訂定目標努力的感覺，他並不排斥。或許是其中的真摯情感觸動了他，又或許是其他什麼原因，他不想深思，也不想探究。

唯一困擾他的是，父親既然醒了，母親要工作，他就得多多撥空去醫院探視，適時地提供協助，這讓他能讀書的時間變少了。眼見大考逼近，任務到底會不會延長一年，他實在無法預測。

而這樣的困擾過幾天就消散了。只因他某天看著在廚房忙碌的母親時，忽然覺得在幻境裡多留個一兩年也沒有關係，任務沒有期限，他遲早還是能完成，而身為一個死人，他現在最不缺的就是自身的時間。

想開之後，他連讀書都不認真了。原本他會通宵讀書，現在連熬夜都不熬，早早就上床睡覺，在學校的下課時間也沒充分利用在讀書上。這樣過了兩天後，他終於又收到瑛昭的訊息。

『輕染啊，季先生要我問一下，你是讀書讀累了所以想放鬆幾天嗎？你的成績還沒有進步到可以放心的地步，不抓緊時間讀書的話，今年有可能考不上第一志願喔。』

瑛昭的關心，他已經很習慣了。對於這種愛心叮嚀，墨輕染雖然覺得多餘，但還不到不耐煩的地步。

『瑛昭大人，我只是忽然想通了。我雖然聰明，但專長不是讀書，沒必要把自己逼那麼緊。反正只要最後有考上就好，我可以半工半讀慢慢讀，花個三五年的時間來完成任務。畢竟這是個沒有什麼危險的世界，也沒有多大的生存壓力，我這邊慢慢來，你們那邊如果覺得浪費時間可以快轉，對吧？』

墨輕染傳訊息說明了自己的想法後，過了好一會兒，瑛昭才再次傳訊。

『待在這個世界三五年，你不會覺得無聊嗎？你喜歡過這種普通人的生活？』

他無法判斷這些問題是瑛昭想問的，還是季望初想問的。

『我不知道我喜不喜歡，但我有嘗試的意願。或許要真正嘗試過，才能知道是否喜歡吧。』

這次瑛昭很快就回傳訊息了。

『季先生說，只要你有在使用能力，你就一點也不普通。如果真的想體驗普通人的生活，就要從停止使用能力開始做起。』

『……那我改一下說法，我想嘗試平淡的生活。生活可以平淡，但不必普通。』

使用能力可以帶來很多生活上的便利，墨輕染雖然想體驗別人的人生，但他不想太過吃苦。

要是瑛昭要他不能使用能力，他就不想待那麼久了。這點家庭溫情可不足以讓他忍受那麼困苦的生活。

『季先生說，第一次執行任務，不適合在幻境中待太久，很容易迷失自我，忘記自己是誰，又或者出來之後難以從他人的身分抽離。他建議你今年就考上比較好，多一年都太多。』

瑛昭接著傳來的話讓墨輕染為之一愣。雖然他覺得自己不會陷入這種狀況，但季望初畢竟是經驗豐富的執行員，也看過很多新手執行員的狀況，他說的話還是該聽。

但是今年就考上……只剩下十五天了啊。

『我很樂意接受季哥的建議，但是以我對自己的評估，剩下的時間應該不足以讓我讀到能考上第一志願的水準，就算從今天開始都不睡覺也不太可能。』

為了避免瑛昭與季望初覺得他不肯聽話，墨輕染決定說出自己的難處。至於對方能否體諒，他心裡也沒有底。

『季先生說，既然你不打算停止使用能力，那你總能找到方法成功的，請自己想辦法。』

收到這樣的訊息後，墨輕染皺起眉頭，瞬間沒了繼續寫考卷的心思。

這是在暗示他，不必老老實實地念書考試？

他開始思考自己有什麼技能比較適合用在考試上。比方說強行記憶大量內容，但是一天過後就會忘記的能力？又或者強化視力，以便偷看隔壁答案？

他想了又想，還是想不出哪個能力好。記憶下來的內容有個限度，他記得的東西未必會考，何況很多考題都需要靈活運用知識來推敲，不是死背就可以，而偷看答案這種事，就算看得到，也得保證看到的是正確答案才有用。

一陣糾結後，他打算先認真面對眼前的小考，先把一百分的任務解了再說。

數學是他最得心應手的科目，經過兩週的苦讀，加上細心的演算，今天他終於成功帶著一百分的考卷回家，準備秀給母親看。

母親現在除了工作，還會撥出時間去醫院陪父親，回家的時間比以前更晚，除非有提早告訴他會回來準備晚餐。因此，墨輕染回家時順路買了雞腿便當當作今天的晚餐，沒想到這件事季望初也有意見。

『輕染，季先生說你每次都買雞腿便當，有點奢侈，你是不是該考慮一下其他口味的便當？』

『……我喜歡吃雞腿。他不知道嗎？』

墨輕染覺得季望初應該知道這件事，所以傳訊息的語氣顯得略微不開心。

『他說他知道，但你現在身為一個貧困家庭的孩子，天天吃雞腿便當實在太不顧及家中的經濟狀況了。既然你要體驗別人的人生，你就不能想著半個月後會離開所以

無所顧忌地花錢，你這樣沒有融入這個角色。』

『我有啊，大考壓力大，吃好一點無可厚非吧？而且我還在發育呢。』

『唔，他說發育什麼的就代入太深了，你已經是個成熟的大人，吃個無主菜的配菜便當就可以了。』

……

墨輕染開始思考，是不是要再次改口，表示平淡的生活不深入體驗也沒關係，自己只要初步體驗過就好。

『輕染，季先生剛剛又說，你這麼久沒答覆，是不是很不想放棄口腹之欲？以前你帶著你哥逃亡的時候，好像吃什麼都無所謂的啊？』

這個問題比較容易回答，所以墨輕染很快就回傳了訊息。

『那時候是非常狀態，自然不能強求什麼嘛，而且我的心思都在如何保護好哥哥上，連吃飯都要分神注意是否有追兵，又哪有精力顧及吃的是不是自己喜歡的東西呢？』

可惜他的解釋季望初不買單。

『季先生問你，你的意思是不是現在沒有將心思都放在如何完成任務上？』

經過瑛昭的轉述，這句話聽起來並不刺耳，但墨輕染能幻想出季望初的原話是什麼語氣，因而繃緊了神經。

該用什麼方式應對？老實認錯，還是裝可憐賣慘？

他斟酌幾秒後，決定使用後一種方式。

『我生前最後那段時間，精神已經不正常，也沒有胃口，幾乎沒吃什麼好吃的。死後被放逐到黑之海，更是滴水未沾滴、粒米未進了不知多少年，來到這裡之後沒錢吃飯，就吃了些瑛昭大人提供的愛心飯糰，好不容易進入幻境能好好進食，我當然就跟餓死鬼投胎一樣想對自己好一點啊，每天吃雞腿便當真的有這麼過分嗎？』

說完這一長串，墨輕染原本以為要等一陣子才會收到回應，沒想到瑛昭沒過幾秒就回了。

『不會，你就吃吧，我能體諒你的心情。放心，我會跟季先生說的，就算他不同意，我也會說服他同意！』

看樣子他的賣慘成功博得瑛昭的同情，至於季望初吃不吃這套，他就不清楚了。

但瑛昭說成這樣，一副要為他據理力爭的樣子，這態勢讓墨輕染的心情十分複雜。

不過就是吃個雞腿便當，有這麼嚴重嗎？

照他看來，季望初或許也不是真的很在意他吃不吃雞腿便當，只是刻意雞蛋裡挑骨頭，也不知是想測試他的忍耐度，還是想讓他知道任務需要注意的細節很多。

無論如何，瑛昭沒再傳訊過來講便當相關的事，他便心安理得地吃了下去。

等待母親回來的期間，他繼續乖乖讀書。畢竟，他現在還沒想出可靠的作弊方式，多讀書總是沒錯的。

母親十點才到家，墨輕染招呼了一聲，說有東西想給她看，接著就拿出那張一百分的數學考卷。

看見考卷上的分數後，母親像是一時沒反應過來，接過考卷看了又看，才遲疑地發問。

「這張考卷是真的？」

她那難以置信的神情，讓墨輕染忽然想起，因為這陣子都在忙父親的事，他一直沒告訴母親自己的成績有進步。

「當然是真的啊！之前不是告訴您，我要洗心革面好好念書了嗎？剛好我數學特別有天賦，進步得特別快，今天終於考出一次一百分，就帶回來給您看看，我想說您看了應該會高興吧？」

母親聽完他這番說詞，依舊覺得一切很不可思議。她不是覺得兒子說謊，只是一百分對比王子銘之前的成績，差異實在太大。與其說她不相信，不如說她不敢相信。

「啊……我最近比較少關心你……你現在成績這麼好了？只有數學嗎？其他科目怎麼樣？」

雖然其他科目的成績沒有數學這麼亮眼，但進步幅度也算大。墨輕染簡單報告後，母親頓時著急了起來。

「大考是哪一天啊？糟糕，我忙到都沒記住日子！你現在的成績是不是可以考上很不錯的大學了？有跟老師討論過未來志願嗎？你對什麼科系比較感興趣？」

或許是覺得兒子的選擇變多，前途忽然一片光明，她馬上開始擔憂各種相關細節。

兒子的未來，她當然不可能不關心，只不過先前兒子的表現令人失望，她的精力又消耗在工作與植物人丈夫身上，這才忽略了兒子的生活與學業。

「我沒有對哪個科目特別有興趣，到時候分數能上哪個比較好的科系就上哪個吧。」

為了避免過度刺激母親，他沒有口出狂言說非第一志願不上。母子間關於選科系的話題結束後，母親收起了那張一百分的考卷，喜孜孜地說明天要帶去醫院給父親看。

「你爸看到一定會很高興。以前他老說你笨，說什麼遺傳到我，跟我一樣笨，現在倒是看看誰笨！」

聽到這種話，墨輕染只能笑而不語。

其實，以王子銘本人和他母親的表現來看，他覺得他們都不算聰明，但這種時候當然不能將心裡話說出來。

「子銘啊，考試當天要不要我請假陪你？有家人陪考，你會不會比較輕鬆？」

「不用，您來了我反而緊張，我一個人去考會比較自在。」

對墨輕染來說，這點小事不值得他緊張，他只是為了阻止陪考才用緊張當藉口。畢竟母親到了現場一定會關心他上一節科目考得如何，光想像就覺得有點麻煩。

「那你到時候記得細心一點啊，答案卡不要劃錯，還有記得整格都要塗黑，有耐心一點，以免機器讀不到白白扣分。」

母親這句叮嚀，讓他腦中靈光一閃，忽然有了作弊的靈感。

他意識到，無論答案填寫得如何，最後判讀的是機器，也要透過電腦系統才能統計並公布分數。

「媽，謝了！有您的提醒，我覺得我一定能發揮得很好！」

墨輕染笑著跟母親道謝，接著便藉口要讀書，回到自己的房間。

他回房後沒有拿出課本，而是用手機開始查詢這個世界的電腦系統與自己那個世界有什麼差別。經過粗略了解後，他對完成任務的信心提高了不少，只要期末考能成功考到第一名，後續憑藉電腦技術與能力的輔助，要對大考成績動手腳應該不是問題。

只可惜期末考都是老師親自改試卷，再拿來班上公布，不方便從後台改成績，否則他現在就能拋棄書本醉生夢死了。

他曾經聽人說，學生是最幸福的，只要讀書就好，其他事情都不用煩惱，但他讀到現在只想說，讀書就是最大的不幸福之處，尤其是除了讀書什麼都不能做的情況，簡直鬱悶到極點。

假如按照他原本的計畫花個三五年來讀書，時間安排沒那麼緊，就比較沒問題。

但按照季望初的要求，今年就得考上的話，如果不作弊，連續通宵讀書之後，他覺得自己可能會產生出去搏命拚殺還比較開心的想法。

現在這種拚死讀書的狀況，還得繼續維持到期末考前。雖然在班上考第一名的難度不算太高，但要是放鬆大意結果錯失第一，事情可就麻煩了。

墨輕染繼續認真讀了幾天書，並學到一件事：半夜沒東西吃時，可以吃泡麵。

連吃五天泡麵後，瑛昭的聲音再度出現。

『**輕染，天天吃泡麵很不健康喔，在裡面就算了，出來以後可別為了省錢就這樣吃。**』

他差點以為自己連吃泡麵的樂趣都要被剝奪了，幸好瑛昭發來的訊息只是愛心叮嚀而已。

在他原本的世界裡，知識類的考試是普通人的事，能力者雖然也有能力者的考試，但不是這種往腦袋裡塞一堆文字數字與理論的考試。能力者需要鍛鍊技巧，其他相關數值則是與天賦息息相關，努力也沒有用，考核會過就是會過，不會過的你再努力一百年也不會過。

所以，這次這個任務，可說是墨輕染第一次經歷所謂的苦讀。讀書讀到頭昏腦脹雖是新奇的體驗，但如果下一個任務也要讀書，他可能會毫不猶豫地拒絕。

而且學生的世界……其實也沒有別人口中那麼單純。只是那些不單純的部分，暫時與他無關就是了。

*

「子銘！你也太猛了吧！明明一個月前成績還是那副無藥可救的樣子，到了期末居然能考第一名！你是吃了什麼藥啊？」

期末考成績一發表，隔壁的同學就鬼吼鬼叫了起來。墨輕染這個月的成績進步幅度是大家有目共睹的，不只是他們班的人覺得驚奇，整個學校的老師都覺得很不可思議，直說像是換了個人似的。

事實上，的確換了個人。

「沒吃藥沒打針沒作弊。就這樣。」

任務沒有特別的要求，墨輕染不需要特地模仿王子銘的性格來回應，所以對於這些驚呼，他的回應都很平淡。主要是因為，他不想引來過多無關路人的關注，也不想激發出更多反應。這些人與他的任務無關，也沒觸動他內心的情感，實在沒必要多費精神在他們身上。

「那你是忽然開竅了？還是被雷打到？總不是之前故意考不好吧？」

「你覺得是哪個就哪個吧。」

他想結束話題的冷淡態度，對方當然感覺得出來。

「你是怎麼回事？大家都說你最近不理人，是成績好了看不起我們了，不想跟我們玩了？」

跟血氣方剛的青少年講話，態度要是太差，吵架吵一吵就有可能演變成打架，那可不是墨輕染想看到的局面。

雖然他不畏懼打架，但他怕對方太弱，自己一不小心出手太重就把人打死打殘，要是被送進監獄，他可就連進考場都沒機會。

而且，就算只是單純的皮肉傷，也會驚動老師跟校方，把事情搞得很麻煩。

「我沒看不起你們，只是想認真準備考試。不管是唱歌還是其他事情，等考完再約不行嗎？反正也沒幾天了。」

他拿出耐心來解釋了幾句，但對方依舊不接受。

「你現在成績不是已經很好了嗎？哪有差那幾天！這個月約你幾次了？每次都拒絕，我看你是想跟我們劃清界線吧！」

耐心有限的墨輕染一瞬間有了半夜去對方家裡殺了他的念頭。

人死了，一了百了，就不會再被糾纏。這裡是幻境，殺幾個人應該沒什麼關係，只要不被抓到，不會影響任務——墨輕染是這麼想的，但為求保險，他還是決定問一問瑛昭。

『瑛昭大人，我可以殺了這些擾人的同學嗎？他們干擾我讀書。』

果不其然，瑛昭一聽這話就開始緊張。

『輕染！你別亂來啊！殺人是會被逮捕的！』

『我可以神不知鬼不覺地潛入他家，或者埋伏在他放學的路上，使用能力擊殺他。沒有人會知道是我幹的。』

『這……可是好端端的，忽然發生凶殺案，學校同學還是會被調查的吧？』

『如果做成超自然現象的感覺，應該就不會懷疑到同學身上了，頂多做點例行調查，不至於妨礙到大考。』

『話不是這麼說的！唉，你等一等，我先問問季先生！』

瑛昭拋出這句話之後，墨輕染就安靜了，他也好奇季望初會怎麼說。

但眼前的同學可等不了這麼久。

「為什麼不說話？該不會被我說中了吧？」

墨輕染覺得，瑛昭要是再不告訴他可不可以，他或許就要先斬後奏了。

『輕染，季先生叫你不要把家庭勵志校園劇隨便改成超能力凶殺片，要考慮一下委託人的心理健康，人家委託任務時可沒想過會看到殺人場面啊！你就乖一點吧！』

不得不說，得到這樣的答覆，墨輕染的心情不太好，但他也只能照做。

於是他嘆了口氣，語重心長地開口。

「不好意思，先前我一直沒告訴你們我家裡的狀況。其實我家裡現在挺難的，欠了很多債，我媽一個月前才讓我知道。」

這突如其來的資訊，使得原本還氣勢洶洶的同學有點迷惑。

「咦？欠了很多債？」

「是啊，我媽天天加班，差點病倒，我這才知道我家的狀況這麼不妙。所以我零用錢也不敢拿了，自然沒錢跟你們出去玩。要不是你一直逼問，我也不想說，傳出去多丟臉啊。」

王子銘跟這幾個同學，頂多算是一起吃喝玩樂的朋友，交情不算深。在他這麼說之後，對方這才打退堂鼓。

「原來是這樣，你早說嘛！唉，我們零用錢也不多，幫不上什麼忙，那你加油啊！」

說著，該名同學便乖乖坐回自己的座位，生怕再晚一點就被詢問能不能借錢。

雖然幾句對話間就解決了麻煩，但墨輕染還是覺得，直接宰掉比較痛快。

下午，導師將他叫去辦公室，熱情地跟他探討未來志願選擇相關的事情，並提出一些學校能給的幫助。現在他可是老師們眼中用來宣傳學校的最佳素材，大家都希望他能好好發揮，不要失常。

殊不知他已經做好作弊的打算，只等大考結束進入系統修改最終成績。根據這陣子的研究，他確信自己可以完美執行，屆時分數也不必改得太誇張，只要確定能上第一志願即可。

可惜這些打算不能跟老師說，所以他仍被迫假裝認真地和老師聊了半小時。

帶著第一名成績回家的他，今天一樣買了雞腿便當。現在的他已經學會搭公車，也習慣這條家門口的小巷。通過這條小巷慢慢走往家門時，他有種心情平靜的感覺，或許這樣的平靜也是他願意多留幾年的原因，只可惜不被允許。

開門進屋後，他在門口看見母親的鞋子，便朝內喊了一聲。

「媽，我回來了。」

隨後，廚房內傳來母親的回應。

「回來啦！餓了嗎？今天我工作那邊提早結束，我想說乾脆回來煮一點你愛吃的菜，再給你爸帶去。」

這是個沒有事先說好的突發狀況，面對母親的好意，已經買好便當的他頓時略感尷尬。

「媽，我以為您很晚才會回來，所以自己先買了便當，不然您就別煮我的吧？」

「嗯？外面的便當哪有我煮的好吃！你吃我煮的，便當放餐桌上，待會我帶去醫院吃！再等二十分鐘就煮好了！」

母親無微不至的關愛，讓他面上不自覺露出了微笑。

真是有點不想走啊。

第八章

螢幕上，墨輕染一樣是在晚餐期間拿出成績單。因為有上次一百分考卷的鋪墊，母親這次雖然依舊驚訝，但沒有上次那麼難以置信。

在這次的交談中，墨輕染說了自己想考第一志願，母親對此沒什麼概念，因而嚇了一跳。

『第一志願？不用那麼拚吧？考個差不多的就可以了。我跟你爸都不是那種一定要押著你考第一的家長，我們家族也都不太擅長讀書，以第一志願為目標是不是太辛苦了點？』

『老師說我的成績應該有希望，我自己也覺得沒有問題，既然如此，沒有理由不爭取一下吧？考個差不多的是可以，但有更好的能選，當然要選更好的啊。』

看到這裡，瑛昭心裡冒出一個疑問，便問了出來。

「分數高的真的就是更好的嗎？」

「不見得。除了科系未來出路的問題，也要看考生自己有沒有擅長的方向，不過很多老一輩的不懂這些，只覺得錄取分數越高的科系越好。」

「喔……王子銘，那你之所以說要第一志願，也是因為老一輩的會覺得第一志願最好嗎？」

『是啊。第一志願說出去比較有面子，我媽開心就好。』

儘管王子銘嘴巴上說母親開心就好，但他還活著的時候卻常常與母親發生爭執，做的事情也時常讓母親生氣難過，瑛昭實在不能理解。

好像不只是人類，神界也有這樣的矛盾。說出來的話，做出來的事，總是跟心裡想的不一樣，當然也無法達成自己想要的目標。每次看到這種情況，我都難以明白原因，順心而為有這麼難嗎？適時說出內心真正的情感，不要默默以自認為好的方式付出，卻沒有跟對方溝通達成共識，一切是不是會好一些？

「只要是能讓你母親開心的事，你就願意去做嗎？」

『如果是以現在的心情來說，是的。死了以後我想了很多，始終……最辛苦的還是我媽。她等不到我爸醒來，又得知我的死訊，我都不知道她接下來的日子要怎麼過……』

王子銘越講越小聲，整個人的神色也變得很黯淡。

「你活著的時候沒有想過這些嗎？」

瑛昭終於還是忍不住問了這個問題。

對亡者問這種問題或許很刺耳，也帶點指責的意味，但他真的很想知道王子銘是怎麼想的。

『活著的時候……生活壓力太大了，光是要活著就已經累到沒有精力去想其他事情，委屈會被放大，不順心的時候也容易口出惡言，那時候比起深思這種事情，我寧可把時間拿去休息睡覺。雖然我不覺得未來會更好，但也不曉得自己會這麼早死。如果我早點知道的話……』

說到這裡，他微微一頓，終究沒說出那句「事情或許會有所不同」。

「瑛昭大人，很多人都是這樣的，您不用那麼煩惱，好像什麼問題都一定得想出一個符合邏輯的解釋。您就看一看，看多了自然會懂。」

季望初像是注意到瑛昭眉頭緊皺的樣子，這才多嘴說了一句。瑛昭聞言點了點頭，盡可能讓自己別再繼續糾結。

這張第一名的成績單，母親同樣說要帶去醫院給父親看。墨輕染本來想跟著一起去，但被母親一句「你留在家裡好好念書」擋了回去。

然而，待在家裡的他並沒有乖乖念書，而是百無聊賴地看起電視。

「季先生，輕染又不好好讀書了，這樣沒問題嗎？」

瑛昭憂慮地這麼問，季望初則一臉無所謂。

「他應該已經決定好大考要怎麼作弊了，不用管他。」

這句話讓瑛昭心頭一驚。

「什麼時候決定的？你怎麼看出來的啊？我都沒發現！」

「在他查閱電腦相關知識時發現的。看他那副胸有成竹的樣子，這裡的電腦知識跟他那個世界的電腦應該有不少互通之處。」

「電腦？所以他打算如何作弊？」

儘管季望初給了提示，瑛昭仍是猜不出來。

「所有成績都會輸入系統，他大概是打算在公布成績前駭入系統，直接修改。」

「咦？直接修改成績？這種大考的系統不是應該嚴密到難以入侵的嗎？有這麼好改？」

瑛昭相當震驚。畢竟，如果是在神界，這類的系統決不可能被人神不知鬼不覺地入侵，就連璉夢也辦不到這種事。

「沒有你想得那麼嚴密，漏洞其實挺好找的。」

他短短一句話，瑛昭倒是從中敏銳地捕捉到訊息。

「說得好像你也入侵過似的？」

瑛昭質疑後，季望初笑了笑，毫不猶豫地承認了。

「是啊，那麼多年的任務生涯可不是假的，總有需要做這種事的時候，還不止一次。除了大考系統，政府部門的系統我也入侵過，有些部門的系統防禦可是比大考系統還不如呢。」

聽完這番話，瑛昭一時之間實在不知道該先震驚哪一件事。

季先生……果然什麼都會？違法的事情好像也很擅長的樣子？幸好都是在幻境裡做的，不是在現實世界裡，不然我真不知該怎麼正視這件事。話說回來，人類世界這類的系統防禦真這麼薄弱？他們不看重這方面的安全嗎？還是太有自信，覺得不會有人入侵？

「入侵起來很容易嗎？那不就一天到晚被人入侵？發生這種事之後，他們難道都不加強防護？」

他提出了疑問，季望初也很快就否定他的想法。

「雖然防護不嚴密，但也沒有鬆散到隨便一個人學幾個月就能入侵的地步。掌握這門技術的人，在這個世界上不算很多，通常也不會閒著沒事跑來犯罪，畢竟多數人無法確定比自己厲害的人有多少，也就無法肯定做了以後會不會被抓到。至於被入侵之後會不會加強防護……前提是他們有發現被入侵啊。」

我好像又聽懂了什麼。意思是季先生的技術強到入侵系統後還能不留下任何蛛絲馬跡？而大部分人這麼做是會被抓到的，是這個意思嗎？輕染的技術又屬於哪一種呢？

「你覺得輕染做這種事會被抓到嗎？」

「他的技術如何，我是不太清楚，但他有他的優勢。說不定他有一些能力可以用來輔助，那就能降低他被抓的機率。你不用先擔心這麼多，等著看就是了。」

「萬一失敗了怎麼辦啊？有過這種紀錄，來年還能再考嗎？」

在他這麼問之後，季望初露出了嘲諷的笑容。

「失敗了也沒怎麼辦，就恭喜他任務失敗，然後好好嘲笑他不自量力啊。」

他的神情讓瑛昭忽然有點想傳訊息給墨輕染。

輕染，謹慎行事，量力而為，千萬不要失敗啊！你要是失敗了，在季先生這裡鐵定會被扣很多分的！

*

時間過得很快，轉眼間就到了大考的日子。雖說墨輕染一開始就告訴母親不用陪考，但當天早上母親仍堅持親自載他去考場。

他們家裡有一輛很老又時常莫名熄火的二手機車，母親通常去菜市場才會騎。為了今天能騎著載兒子去考場，她前一天特地騎去機車行保養了一下，以免半途熄火，反而耽誤兒子進考場的時間。

「來，自己拿個安全帽，坐在後面記得抓好，不然就抱緊你媽也行。」一架上掛著兩個安全帽，全都是又舊又髒的樣子，但墨輕染並不嫌棄，隨便選了一個戴上後，腿一跨就坐到了後座。

這還是他第一次坐機車後座，感覺非常新鮮。在他原本的世界裡，他可從來沒被人載過；真正的王子銘因為跟母親關係不好，也鮮少跟母親一起出門。

儘管對這個單純奉獻的母親有一點好感，他依然沒有選擇抱住她的腰。對他來說，這種動作還是太過親密，他終究沒有那麼融入「兒子」的角色。

坐在機車後座的他，感受著吹到臉上的風，忍不住又想：如果這是我的親生母親呢？

如果這是我的親生母親，我能放心地依賴她，對她毫不設防，全心全意地親近她嗎？

他思索了大概三個紅綠燈的時間，然後得到結論。

沒有辦法。

「親生母親」這個名詞對他來說只是個模糊的符號，要是現在突然冒出來，他只會無比戒備，覺得對方有所企圖，大概連一丁點的信任也不會給她。

他已經錯過能無條件信賴親人的年紀，血緣關係對他來說根本沒有意義。也只有像現在這樣，以別人的身分接觸別人的親人，他才能相信對方沒有任何目的，只是單純為他好。然而即便如此，他仍會畫出拉開一定距離的線，不讓對方越界。

這是他對自己的認知，但季望初是個例外。

他願意信任這個人，一方面是因為彼此沒有什麼利害關係，另一方面則是因為……從璉夢給他看的任務紀錄影像中，他除了看見季望初身上有許多自己欣賞的特質，也能從季望初的眼神和態度中看見幾分真心。

在真正親身進入任務後，他發現自己雖然會被任務中遇到的人觸動內心，但他其實沒辦法把他們當成真實存在的人對待。即便他動過留下來多過幾年的念頭，他也只是把這一切當成模擬體驗，所以同學礙到他的時候，他第一時間才會想殺掉對方，因為這是一勞永逸的解決辦法。他就像是在玩遊戲似的，以通關為目的，並試圖選擇自己喜歡的玩法——即便他在現實世界中也不怎麼把別人的命當一回事，但在幻境中，這一點格外明顯。

墨輕染認為，不把幻境中的人當成真人，是很合理的事情，然而季望初在進行任務時，卻有很多時候，是真心將幻境中那個墨輕染當成人的。

於是他羨慕起那個幻境中的自己。那個能夠被理解、被同理，同時還擁有並肩作戰的夥伴的自己。

那個自己是假的，可是季望初是真的。他找不到原始世界中自己努力守護卻又個性不合的哥哥，也找不到任務紀錄中那個與墨輕染極為契合、睿智又有魄力的墨輕玄，但他可以找到季望初。

只要來第十九號部門，他就可以找到季望初。這就是他來到這裡的唯一理由。

「我看過地圖，前面再過兩個紅綠燈就到了，剛才塞車塞了一陣子，應該沒有遲到吧？」

母親因為騎車中，不方便查看時間，便稍微側過頭問了他一句。

「還早，還有十分鐘呢。」

墨輕染覺得十分鐘綽綽有餘，反正他只需要在鐘聲響起前踏入考場就可以。但母親不這麼想，一聽到只剩十分鐘，她就著急了起來。

「什麼！只剩下十分鐘了？糟糕，那要騎快一點，應該早點出門的！」

「時間應該還夠啊？頂多我用跑的進去。」

墨輕染不解地這麼問，母親則立即駁斥。

「慌慌張張跑進去會影響你的心態啊！而且完全沒有時間再溫習一下，多吃虧啊！」

「您還是用正常速度騎車吧，萬一出了交通事故才得不償失，正常趕路還是來得及的。媽，您要相信我心態健康，書也讀得很紮實，不會被這種小狀況影響的。」

在他的柔聲安撫下，母親這才放鬆一點，接受他的建議，抵達目的地後還感慨了一聲。

「你真是長大了，穩重了許多，反而是你來安慰媽。」

「媽，您只是太擔心我而已。要不是我沒駕照，應該讓我騎車載您才是。」

「都說是送你來了，怎麼能讓你載！」

母親說著，幫他撥了撥被風吹亂的瀏海。

「都長這麼高啦，也不知還能載你幾年……好啦，趕快進去！別耽誤了考試時間！」

在母親心裡，還是考試最重要，其他事情可以等考完回家再聊。

他在母親的目送下走入考試地點，隨身攜帶的物品放到教室外面的窗台上後，便從容入座。

儘管已經決定透過電腦技術來修改最終成績，但墨輕染覺得，還是不要考得太離譜比較好，起碼不要交白卷，作文之類的項目也要好好寫完。

中午他隨便在附近找了路邊攤買點吃的，填飽肚子就繼續應付考試。一天下來，算是平順地度過了大考首日。

晚上母親回來後，關心了一下他第一天考得如何，他則一律以「發揮得非常好」

來應對，說得胸有成竹，彷彿第一志願已經是囊中之物。

「不要覺得自己第一天考得好就太驕傲自滿，萬一明天大意就糟糕了。」

對於母親的勸戒，他也點頭稱是，回房後早早就上床睡覺。

他就這麼吃好睡好，安然度過整個大考。同學找他對答案，他一蓋不理會；老師詢問他有沒有預估自己會考幾分，他也說不想提早知道分數所以沒看解答，就這麼靜靜等待成績大致算好後，能夠動手的時刻到來。

任務最終的成敗，就看他能否成功了。

*

由於王子銘家沒有電腦，修改成績這種事，他無法在家裡進行。理論上要做好這件事，需要有一台很好的電腦與特殊設備，還要避開旁人，所以網咖也是不行。

墨輕染當然沒有錢買那些東西，也很難調查出哪裡有，所以他打算直接潛入大考中心，使用裡面的主控電腦來修改成績。

要這麼做，有幾個重點必須注意——首先是沒有人發現他曾經潛入過。要隱匿身形對他來說不是問題，挑半夜潛入的話，只需要搞定大樓警衛跟監視器就可以。

接著就是，要能成功開啟電腦，並且成功打開統計成績的系統。這部分可能需要破譯一些密碼，或者另外想方法來取得密碼，他也已經想好怎麼解決，總之他的能力能幫助他完成這件事。

最後，修改完成績，他得掃掉所有痕跡，不讓人發現系統被人動過。以他的電腦能力，要做到這點並不難。

將整個流程在腦中演練幾遍後，這天凌晨一點，他悄悄從家裡出發，一樣是用他的能力趕路。如果有人意外看見殘影，大概也只會當作自己眼花或者見鬼。

抵達目的地後，他不費吹灰之力就潛入了大樓，此時看著螢幕的王子銘說出了心聲：彷彿看著自己在演什麼很厲害的超能力特務電影，心情好複雜。

沒有瑛昭的轉述，墨輕染不會知道王子銘此刻是什麼想法。不過就算知道，他也不會有多大的反應。

入侵大樓，他花了五分鐘，入侵電腦系統則是十分鐘，最後又花了五分鐘善後。他不曉得自己這種水準算好還是不好，有沒有資格獲得季望初的讚美……總之對現在的他來說，能夠完成任務才是最重要的。

他給自己改的成績不算太誇張，因為他看得到所有人的成績，便將自己的成績排在能穩穩被第一志願錄取的範圍內。雖說改個全國第一甚至滿分的成績也不是不行，但造成轟動的話，質疑的人多了，說不定會複查考卷，要是那時候還沒脫離幻境，就會陷入很不妙的狀況。

任務會在放榜的那一刻結束，還是收到錄取通知才結束，墨輕染沒有經驗，事前也忘了詢問。他想，時間到的時候，瑛昭總會通知他，告訴他該怎麼做，所以他並不心急。

接下來需要做的，就是回家繼續睡覺，然後等待幾天後的放榜日來臨。

這段時間因為不用讀書又放假在家，為了當個好兒子，他主動提出要去醫院當看護陪伴父親，但母親拒絕了他。

「你從來沒做過看護，去了恐怕笨手笨腳做不好，想看你爸的話可以去探望，當看護就不必啦。」

墨輕染沒想過自己想盡孝居然還會被拒絕，因而錯愕了幾秒才繼續追問。

「雖然沒做過，但也該學一學吧？以後爸回家，難道就不需要人看護嗎？」

「你爸復健完就可以自己行動了，他手腳又沒出問題，哪需要人看護呢？就算需要，也是我來負責，你到時候要上學要上班工作，不用操心這麼多。」

看樣子，母親覺得他能考上好大學，必須全力支持他的學業，所以打算自己擔下所有事情。

「為什麼您好像很不想讓我去陪爸的樣子？」

「哎呀，其實是你爸覺得不好意思啦。當年他出事的時候你還那麼小，現在就像是一夕之間忽然長大，他一方面不知道該怎麼跟你相處，一方面又死要面子，覺得自己狼狽的樣子被兒子看到了很難堪，這才交代我別讓你去陪他。都這把年紀了，他臉皮倒是越來越薄。」

母親幾句話間就把父親給賣了，聽完這番陳述，墨輕染隱約能明白父親的心情，但沒有理解得很透徹。

換作是他們墨家，父親也絕對不會想在兒子面前展現出軟弱狼狽的模樣，但不是因為自尊，是害怕被反噬。上位者只要不再強勢，就會透出有機可乘的訊息，墨家的長輩們大多防著自家聰明有能力的晚輩，就怕一個不小心被取而代之。

普通人家的父子不至於有這種情節，那麼正常的父子關係到底應該是怎麼樣的？王子銘家的父子關係算正常嗎？墨輕染認真思索了一陣子，最後還是決定放棄思考下去。

「總之……至少我可以去探望爸吧？爸沒有不歡迎我去看他吧？」

「當然可以！你爸可不是不想見到你，你別誤會，他就是心裡正在彆扭，過一段時間大概就好了。」

為了怕兒子誤以為自己被父親討厭，母親略顯慌張地澄清了幾句，接著又嘆了口氣。

「你去看他的時候可以多跟他聊聊，但他很多知識都還在補，可能接不上話，你就多體諒他一點。」

「我知道了，媽。」

在這之前，墨輕染也去探望過父親幾次，但每次都有母親陪同，主要都是母親在說話，他自己沒說幾句。

一個人去探望的話，要怎麼跟父親相處，對他來說是個難題。畢竟，他跟自己父親相處的經驗……似乎沒什麼可以拿來參考的地方。

雖說探望父親跟任務條件無關，但都做到這種地步了，他覺得多贈送一些畫面給委託者也無所謂。

身在幻境中的他，訊息只能傳給瑛昭。即便他想請教普通人如何與父親相處，也無法直接詢問季望初，透過瑛昭詢問，好像又有點不好意思。

至於改成請教瑛昭行不行……他認為不行。與璉夢的短暫相處，已經足夠讓他意識到這位上神一點也不正常，不正常的人又怎麼會有正常的父子關係？

所以，即使詢問後瑛昭應該不會拒絕分享經驗，他仍果斷地放棄了這個參考途徑，決定選擇最簡單直覺的方式——

上網查詢兒子如何跟父親聊天溝通。

幻境外的人都能看到他在做什麼，瑛昭也很快就傳來了訊息。

『輕染，季先生說他覺得你很有心想做好這份工作。』

這突如其來的誇獎讓墨輕染有點意外，也有點高興。

『他有解釋原因嗎？』

『他說，你對你爸恐怕都沒這麼用心過。』

……

墨輕染無言之餘，也只能苦笑一聲，繼續查詢了。

第九章

儘管認真查詢了與父親的相處之道，也計畫好要做這件事，墨輕染還是拖到放榜的前一天才出發前往醫院探望。

倒不是他內心想逃避，主要是因為……天氣太熱了，不想出門。

現在正值暑假，也是夏天最熱的月分，出門十秒就會流汗，走在路上都可以看到柏油路蒸騰出來的熱氣。這種天氣出門無疑是種折磨，所以他頹廢地待在家裡耍廢了幾天，才打起精神出發。

為了減少在路上走動的時間，墨輕染決定奢侈一下，搭計程車來回。少了跟同學出去玩的開銷後，他口袋裡還有一點錢可以支配，任務結束前，應該就去這麼一次，他還是花得起的。

計程車在醫院門口停下後，墨輕染下了車，熟門熟路地找到能停病房樓層的電梯，搭到指定樓層，再按照記憶裡的路線走向父親所在的病房。

進入病房時，父親不在裡面。隔壁床的病友招呼了他一聲，友善地告知他父親正在復健。

「你是王先生的兒子吧？可以坐著等你爸，他這幾天都很認真復健，好像是……四點去的？應該過半小時就會回來啦。」

「沒關係，謝謝，那我去陪他復健好了。」

留在這裡很容易被過於熱情的病友拉著閒話家常，墨輕染不愛花這種多餘的心力，也不想被問東問西面對一堆自己也不清楚的問題，索性道謝之後就離開病房，去護理站詢問父親復健的地點。

得到資訊後，他當即動身。這個時間復健室的人不多，父親大概是自主復健，所以身邊沒有復健師陪同。聽母親說，除了醫院規定的復健時間，父親只要有精力都會自己過來額外訓練，只為了能早日出院。

他站在復健室外，透過玻璃看著父親辛苦地抓著輔助儀器練習走路。父親很努力地撐著身體，神情專注而認真。他看起來依舊有點吃力，手臂也微微發抖，不時還得停下來喘幾口氣，緩一緩後才能繼續。

在外頭默默看了十分鐘後，墨輕染忽然稍微能理解母親的說法了。

如果是他，多半也只想默默一個人努力，不想被認識的人看到努力的過程。這確實與自尊有關，雖然他不曉得父親的心裡想法與他是否相同。

這種時候，真的適合進去喊父親，甚至待在一旁陪伴鼓勵嗎？

墨輕染敏銳地覺得，現在進去，氣氛一定會很僵。最好的做法或許是乖乖回病房等待，或者是回家。

「唉，我看了那麼多教導兒子如何跟父親相處的文章，正準備好好實驗一下，結果居然派不上用場嗎？」

他在深思熟慮後，決定連招呼都不打就直接回家，計程車的錢算是白花了。雖說父親回病房後，隔壁床的病友一定會告訴他「你兒子來過」，他無法隱瞞自己來過的事實，不過這部分他並不擔心，以父親的個性，一定不會打電話來追問，他只需要對母親有所交代就好。

果不其然，晚上母親回家便問起了這件事。

「子銘，你今天有去醫院嗎？你爸在問，說你好像有去病房找他，但都沒碰到面，也不知道你是不是遇到了什麼事，有沒有安全回家。」

看樣子父親確實從病友口中得知了訊息，只是他就算擔心兒子，仍然沒有主動找兒子的意思，哪怕他手機裡有兒子的電話號碼。

這種大部分事情都往心裡藏的性格，與他的預料相符，也跟王子銘十分相似。

「有啊，我今天有去醫院。因為聽說爸在復健，也不曉得要多久，想到您說爸被看到復健的過程會不好意思，我就直接回來了。至於有沒有安全回家，我人都好好待在家裡啦，應該不需要擔心了吧？」

「你倒是挺體貼的啊，看來有把我之前說的話放在心裡？要是你真的去看他復健，他搞不好就做不下去了。」

母親說著，半是憂慮，半是欣慰地繼續講父親的狀況。

「你都不知道，你爸他啊，每天都很努力復健，他說想要盡快靠自己站起來，所以有力氣就待在復健室。要不是醫生跟他說需要適度休息，他恐怕連病房都不回去了呢。」

父親努力自主復健的事，先前母親就說過了，但長輩就是這樣，說過的事情總愛重複說，墨輕染也沒作聲，老老實實聽她傾訴。

「醫生說他目前狀況良好，各項指數都往好的方向走，能恢復得這麼好大家都很意外，你爸不只是自己努力，運氣也很好。」

要是運氣好，當初就不會變成植物人了——墨輕染心裡這麼想。

至於父親為什麼能穩穩恢復，他內心也知道原因。父親的身體是他使用能力調整過的，可不是自然復原，經過他的處理，恢復起來當然比一般人快，也比一般人順利。

只可惜他應該不會待到父親痊癒出院的那天。

「考試成績過幾天就要出來了吧？要是考得好，到時候我們再一起去醫院告訴你爸，他心情好說不定就能好得更快。」

聞言，墨輕染露出了很有自信的笑容。

「必定考得很好。」

「真這麼有把握？」

「媽，您也對我有點信心吧？怎麼每次我說自己成績好，您都不太信的樣子？」

「還不是你以前成績太差？我還不習慣有個成績好的兒子啊。」

母子倆接著又閒話家常了幾句，這種不必滿心防備的談話，墨輕染覺得聊起來很輕鬆自在。有的時候他也會想，如果當初自己出生在普通人家，不曉得會是什麼光景。

但這種事情，他也只是想想而已。他已經習慣擁有力量，也習慣使用力量，對他來說，成為普通人等於是一件很可怕的事，他依然比較喜歡當個強者，而非命運受控於人的弱者。

他就這麼平平順順地等到成績公布的那天。大考中心公告出來的，是他更動過的成績，一切如他所料，沒有人察覺系統被入侵過，而他也等於進了第一志願的保證名單。

一整個早上，他接了一堆賀喜的電話，來自學校、同學與親戚。母親雖然在上班，他還是先打電話告知她好消息，並跟她約好下班後一起去醫院跟父親報告。

中午吃完便當後，瑛昭也傳了訊息過來。

『恭喜你完成任務，輕染，要現在幫你終止幻境嗎？』

瑛昭的聲音在腦中響起時，墨輕染第一時間沒反應過來，愣了兩秒才回應。

『原來任務是由您那邊終止的嗎？我以為系統會判別，或者我可以自己終止……』

『以前沒有傳訊的功能，執行員要結束幻境，只能透過自殺來處理，現在我追加了傳訊功能，就可以通知我終止，但也只針對我有監看的任務。』

『也就是說……季哥以前做那麼多任務，就等於自殺了無數次？其他執行員現在也依舊只能用自殺的方式來結束任務？』

或許是他驚愕質疑的語氣太明顯，瑛昭過了一會兒才回傳訊息。

『沒錯，目前其他執行員一樣只能用自殺來結束任務，除非任務有限制時間。這件事確實很不合理，我會盡快抽出時間來開發自主結束任務的功能。』

『第十九號部門應該存在很久了吧？一直到您上任，才想到要新增這些功能嗎？』

『是啊，真是不好意思，過去的部長似乎都不太關注工作待遇。不過你放心，我一定會慢慢改善大家的工作環境！再多給我一點時間！』

墨輕染其實只是提出疑問，沒有責備的意思，反倒是瑛昭的姿態太低，讓他心情有點複雜。

瑛昭大人是部長，而且還是個神，神對待凡人，這種態度是正常的嗎？璉夢上神不是這樣的啊。

他跟季望初一樣，產生了一種「璉夢到底是怎麼教出這種兒子」的感覺。

『那麼回到原本的話題，要幫你終止幻境了嗎？還是你想待到去醫院報告成績後？』

『委託者覺得呢？季哥又是怎麼建議的？』

比起自己的意見，他認為季望初的意見比較重要，至於委託者的意見，只是順便問問罷了。

『王子銘沒有意見。季先生說，這種事情自己決定，不需要問他。』

聽到這種話，墨輕染忍不住想皮一下。

『喔？那我想留到大學開學日也沒關係嗎？』

瑛昭很快就轉達了季望初的意見。

『他說你看起來真的很喜歡這個幻境，要是你想用王子銘的身分在裡面過一輩子也可以，頂多出來以後花長一點的時間跳脫出來罷了，你開心就好。』

『……不了，我只是好奇問一問，不是真心想留下來，您可別當真。假如大家都沒特別想看我去醫院報備成績，我認為現在就結束任務也沒關係。』

畢竟誇也誇過了，母親也高興了，墨輕染覺得沒必要再去醫院重複一次差不多的過程。

在他這麼表示後，瑛昭過一陣子又傳來訊息。

『真的不留戀嗎？要不要跟母親說幾句話再走？』

他不知道這句話是瑛昭想問的，還是季望初想問的。要說不留戀，也不盡然，王子銘的母親確實給他帶來不少溫暖的感受，也讓他體會到家的感覺，不過……他依舊可以輕易放下。

因為他知道，即便他留戀，也只能稍微延長時間，無法永遠擁有。如果他想長長久久地待在第十九號部門當執行員，這種體驗以後多的是機會，他扮演的每個人大概都會有家人，而這個世界上，不愛自己家人的人，終究是少數。

跟他的世界完全不同。

『嗯。不用。結束任務吧，瑛昭大人。』

傳出訊息後，沒過多久，他的視線便一片模糊。先是失去五感，接著重新找回五感，從幻境離開時的扭曲感似乎比進去時更強烈一點，他回到了明亮的辦公室，並下意識先看向季望初。

「恭喜你首次完成任務。接下來，如果你心情還行的話，可以詢問委託者還有沒有想問的事情，或者你有想問的事，也可以直接問他。」

季望初教了這麼一句，墨輕染則好奇地反問。

「那如果心情不好呢？」

「心情不好的話，你可以直接執行契約將人送走，這是有完成任務的情況下。倘若任務沒完成，就是銷毀契約後將人送回靈界。」

他們交談的期間，王子銘都沒開口，看樣子是沒什麼想問的問題。

不過，墨輕染有一件事想問。

「王子銘，你似乎很在意你父親醒不過來的事，為什麼你不許願回到你父親出事之前，讓我去阻止事故發生？」

在他看來，比起讓植物人甦醒，回到過去阻止事情發生應該更好一點。

『我不是沒想過，不過……一開始我覺得，還是算了吧，這不是我想看的內容，要我看事故沒發生的狀況下自己原本可以擁有什麼樣的人生，實在是……太殘忍了。而且，遊戲規則不是傳送回最悔恨的時間點嗎？那時候我還是個小孩子，事故的發生本來就與我無關，也不是我能預知的，我的悔恨不會放在這件事上，所以這個願望本身就是無法實現的啊。』

他說著，疲憊的面容上浮現出一絲笑容。

『只是在聽說有可能讓植物人狀態的父親醒來後，我確實心動了。這確實是我非

常想看到的畫面，也是母親一直沒能等到的事，實際看過以後，我覺得……能看到家人對未來充滿希望的模樣，其實也不錯。謝謝你們願意額外完成這個願望。』

王子銘的回應解答了墨輕染的疑惑，他點了點頭。

「原來如此。你還有什麼想說嗎？沒有的話，我就送你去輪迴了。」

『沒有了，送我走吧，謝謝。』

王子銘向墨輕染鞠躬致意，隨後墨輕染驅動了合約，目送他在白光中消失。

「首次完成任務，有什麼感想嗎？」

季望初唇邊含笑地問出這個問題，在他發問後，墨輕染才開始思考自己的感受。

神界的手段確實不同凡響。儘管執行任務使用的是模擬出來的幻境，沒有真正改變世界，但身處其中完全感覺不出異常之處，顯然模擬時抓取的數據都是真實的，才能讓每個人物的情感反應都那麼自然。

左思右想後，他決定用一句話來總結自己的感想。

「我想，我應該可以成為一名優秀的執行員。」

聽了墨輕染說出來的感想後，季望初臉上一黑，語氣頓時變得十分不滿。

「誰問你這個？你能不能成為一名優秀的執行員，可不是你說了算。」

他的發言讓瑛昭錯愕地看了過去。

季先生，你先前可不是這樣講的耶？你不是說輕染有希望成為比你厲害的執行員嗎？怎麼現在又改口了？還是因為他表現得太有自信，你覺得應該打擊他一下？

「不是我說了算，那就聽季哥的啊。季哥，你覺得我任務完成得如何？以第一次做任務的表現來說，能打幾分？」

墨輕染瞬間將話題轉到評分上，臉上寫滿了「求誇獎」。

雖然他問的是季望初，不過瑛昭也在心裡想了想自己會給幾分。

首先，任務有完成，這就可以從及格分開始往上加。再來，過程中沒出什麼大紕漏，甚至還額外完成委託者追加的請求，扮演兒子的角色也扮得不錯……咦？我居然想給他打滿分？是不是該換個思路，從滿分開始，找一些瑕疵處扣分？但這樣又有點像雞蛋裡挑骨頭……

「你把瑛昭大人放哪？上司在這裡，你居然先詢問我的意見？」

季望初冷哼一聲，墨輕染則立即意識到自己的問題，轉向瑛昭道歉。

「瑛昭大人，對不起，因為季哥是經驗豐富的前輩，進任務前也說好要指導我，所以我才下意識先請他評分，沒有忽略您的意思。」

「噢，沒關係，確實是他比較有資格評分，你就問他吧。季先生，你覺得輕染可以得幾分？」

瑛昭並不在意這種事，所以簡單幾句話就帶過了這件事。

「……勉勉強強打個六十五分吧，以新手來說還不錯，但仍需要學習更多技能與常識，繼續加油。」

六十五分？才六十五分？為什麼啊？

這個低得過分的分數讓瑛昭瞪大眼睛，忍不住替墨輕染發聲。

「怎麼才六十五分？都扣了些什麼啊？我覺得輕染已經做得很好了。」

既然瑛昭開口問了，季望初便沒好氣地開始數落扣分點。

「用水果刀切肉扣五分，天天吃雞腿便當扣十分，一直傳訊息問問題扣十分，母親煮的飯沒吃完扣五分，搭計程車去醫院扣五分，這樣就扣三十五分了。我已經很客氣了，念在他是新手的分上，沒有每個細節都扣分。」

他列出來的扣分項目讓瑛昭為之傻眼。

我覺得……比較合理的只有一直問問題的部分吧？其他事情都無傷大雅，也不影響任務進行啊！

「所以還有很多沒算進扣分項目的細節嗎？季哥能不能告訴我有哪些啊？」

墨輕染好奇地追問，於是季望初又說了幾項。

「寫作業跟考卷沒有模仿筆跡，回簡訊的時候沒使用委託者慣用的表情符號，進母親房間搜查時掉了頭髮但是沒回收……還有一些，我懶得說，反正都是小瑕疵，看在沒有人發現的分上，我就不跟你計較了。」

這些細到不行的細節使得瑛昭越聽越震驚，墨輕染則擺出認真嚴肅的神色，似乎非常受用。

「我明白了，季哥做事真是無可挑剔，看來我要達到你的境界還需要很多磨練，我會繼續努力的。」

咦？輕染你覺得這些「小瑕疵」真的是需要做到的事情嗎？用不著要求完美到這種地步吧？

「季先生，你第一次做任務的時候，有做得比輕染好嗎？」

瑛昭不禁想問這個問題，畢竟季望初應該也是經歷一堆任務後才有如今的能力。

「我第一次做任務的時候？當然沒有。我做得非常糟糕，把任務搞砸了，不只是第一個任務，連續好幾個任務我都做得很爛。」

季望初冷冷地回了一句，他的答案讓瑛昭感到意外。

原本以為只是沒做得很好而已，沒想到居然搞砸了？季先生也有搞砸任務的時候，好想看看喔……

「那你給輕染的新手評分——」

「輕染跟我的標準當然不一樣。我是依照初始能力來評分的，他都沒意見了，你怎麼還一直為他抱不平？」

依照初始能力評分？所以季先生的初始能力很糟糕嗎？

「兩位別吵架，我拿幾分都沒關係，對我來說最重要的是任務有完成。」

墨輕染笑著插嘴，接著滿懷期待地看向季望初。

「按照約定，季哥會收留我，對不對？」

瑛昭差點忘了這個約定，季望初則點點頭，冷淡地回應。

「就如先前說的，你睡閣樓。我家規矩很多，待會我會寫一篇給你，每一條都要老老實實遵守，否則我就把你趕出去。」

「沒問題！」

聽著他們的對話，瑛昭一臉困惑。

規矩有很多嗎？除了不准上樓，好像沒有別的啦？還是因為輕染要住閣樓，上樓就會多出很多新規矩？

「那麼回到最開始的話題。執行了第一次任務，扮演了一個普通人，接觸了比較正常的人類後，你有什麼感想嗎？」

墨輕染覺得季望初的問句非常有目的性，因此他試探性地開了口。

「季哥是想聽我對王子銘的父母有什麼感想嗎？你似乎很想知道我在任務中與人相處的感受？」

「沒錯。」

季望初爽快地承認後，以相對溫和的眼神看著他，繼續說了下去。

「我認為你之所以對我表現出異常的執著與依賴，是因為你太缺乏關愛。跑過第一個任務後你就該知道，其實我並不特別。你想要的東西，一個情感沒有障礙的普通人就能給你，所以你不用追求我的關心與認可，心胸敞開一點，你就能有很多選擇，甚至在任務過程中就能取得很多『愛』。」

瑛昭沒想到季望初會將這件事攤開來說，下意識地看了看墨輕染，想觀察墨輕染聽完之後會有什麼反應。

「……季哥真是用心良苦，不過那些事情，還是以後再說吧，來日方長嘛。」

他面上依舊帶著笑容，也沒有直接反駁季望初的說法，但瑛昭讀了他的心。

『幻境裡那些人的愛，給的是委託者，不是身為仿冒者的我，這怎麼可能成為我追求的東西呢？』

『就算你眼裡都是瑛昭大人也沒關係，至少你心裡不是完全沒有我的吧？』

『這樣……暫時就夠了。』

讀到這些心音的瑛昭，當場愣在原地。

輕染他，是不是誤會了什麼啊？

——第四部完——

後記

大家好，我是水泉，不知不覺來到第四集，與編輯討論後目前預計第五集完結，也就是說下一本就是完結篇囉！

故事還有許多案例與題材可以寫，有緣的話也許可以開展後續，不過下一本還是會將一些比較重要的事情說清楚，也謝謝支持這個系列的大家，我們下本見！

另外工商一下，《沉月之鑰》第一部愛藏版已經上市了，《異願洛恩斯》的電子書也在各大平台上架，相關資訊可到部落格觀看。

神界直屬第十九號部門連載網址：https://www.kadokado.com.tw/book/1?tab=catalog

此外，部落格搬家囉。歡迎大家到新家找我，謝謝大家的支持。

黑水蔓延之地：http://suru8aup3.blogspot.tw/

最後又要來宣傳一下沉月的ＬＩＮＥ貼圖。節慶篇跟幾個新的貼圖也上架囉！搜尋沉月或者 sunken moon 都可以找到，兩款的畫家都是戰部露，希望大家會喜歡。

有任何感想心得都歡迎到噗浪、ＦＢ粉專或網誌來留言：

我的噗浪：www.plurk.com/suru8aup3

我的ＦＢ粉專：https://www.facebook.com/suru8aup3

舊網誌（資料庫）：黑水蔓延之地　http://blog.yam.com/suru8aup3（已廢除）

感謝大家閱讀到這裡。

水泉

作　　者＊水泉
插　　畫＊竹官

2024年4月29日　初版第1刷發行

發 行 人＊台灣角川股份有限公司
總　　監＊呂慧君
編　　輯＊溫佩蓉
美術設計＊林慧玟
印　　務＊李明修（主任）、張加恩（主任）、張凱棋

台灣角川

發 行 所＊台灣角川股份有限公司
地　　址＊104台北市中山區松江路223號3樓
電　　話＊（02）2515-3000
傳　　真＊（02）2515-0033
網　　址＊http://www.kadokawa.com.tw
劃撥帳戶＊台灣角川股份有限公司
劃撥帳號＊19487412
法律顧問＊有澤法律事務所
製　　版＊尚騰印刷事業有限公司
I S B N＊978-626-378-786-5

國家圖書館出版品預行編目資料

神界直屬第十九號部門 / 水泉作. -- 初版. --
臺北市：臺灣角川股份有限公司, 2023.01-
　冊；　公分

ISBN 978-626-378-786-5(第4冊：平裝)

863.57　　　　113001934